JN108905
穿たれる最奥がじんじんと熟んで、渇きを鎮めるものを待っている。
「ヨル、愛してる……、俺の花嫁だ……！」
（本文より抜粋）

DARIA BUNKO

金竜帝アルファと初恋の花嫁

かわい恋

ILLUSTRATION　兼守美行

ILLUSTRATION
兼守美行

CONTENTS

金竜帝アルファと初恋の花嫁

1.

――その子がやってきたのは、寒さが厳しい雪の降る夜だった。

「遠いところをようこそ」

老神官のホラーツが扉を開け、外に立っていた男たちを建物内へと招き入れる。外からの冷たい雪と風が吹き込み、肩下までまっすぐに流れるヨルネスの黒髪を揺らした。

扉と男たちのすき間に見えた闇は濃く、激しい風が雪を横向きに壁に叩きつけている。扉を閉めても、まるで氷の塊が動いているように、男たちが動くと冷気も移動した。それだけ体が冷え切っているのだろう。

ヨルネスは男たちを室内へと案内し、溶け始めた雪がしずくを落とす冷たい外套を受け取った。しずくは石造りの床に点々と黒い染みを作る。

大柄な男たちに囲まれて、小さな少年が立っていた。フードを目深に被った少年の顔は見えない。男の一人がうやうやしく少年の外套を脱がせた。

「こちらがルーフェン皇子であらせられます」

とても美しい顔立ちをした、十歳ほどの少年だった。

ルーフェン皇子が現皇帝の長子であり、未来の皇帝であることは、赤子の頃からこの神殿で育った俗世間に疎い自分でも知っている。

ルーフェンの濡れた金色の髪が、寒さで血の気のなくなった頬にまとわりついている。深い碧色の瞳は、年齢不相応になんの感情も乗せずにただ前を見つめていた。

ホラーツが、ヨルネスの背に手を当てた。

「ルーフェンさま、これはヨルネスと申します。あなたさまの身の回りのお世話をさせていただきます。私どもの中では歳が近いので、お話もしやすいことでしょう」

ヨルネスは先月十五歳になったばかりの神官見習いである。この辺境の神殿には、ホラーツとヨルネスの他には、通いでやってくる壮年のダン神官が一人いるだけだ。ヨルネスは近くの町の神殿前に捨てられていたのを、ホラーツに引き取られてこの村の神殿で成長した。

もともと村の神官は一人が定員だが、ホラーツが老齢のために五年前に新しい神官のダンが送られてきて三人になったのである。

静かに頭を下げたヨルネスを見て、皇子の従者と思しき大男は露骨に眉を寄せた。

「神官どの。失礼ですが、こちらはオメガでは？」

ホラーツはうなずきながら、ヨルネスの肩に手を置いて、頭を上げるよう促す。ヨルネスは猫のような緑色の瞳で、まっすぐ従者を見た。

「いかにも。しかしながら、ヨルネスは大変優秀で、性質もおとなしく気遣いに長けております。決して皇子をたぶらかそうなどとはいたしません」

「しかし……」

従者の苦言ももっともであると、ヨルネスは表情を変えぬまま心の中で思った。

オメガとは、男女の性に関わりなく子を宿すことができる特殊な存在であり、二百人に一人程度の確率で生まれる。周期的な発情期を持ち、発情中は誘惑香と呼ばれる甘く官能的な匂いを振りまいて周囲の劣情を誘うことから、集団生活から遠ざけられることも多い。

ことにアルファと言われる、オメガと対極をなす性質の存在には、誘惑香は強烈に作用する。アルファは獣に変容できる力を持つ人間で、通常の人間より優れた身体能力を擁している。そして皇族貴族はほとんどがアルファと言っていい。

この国の皇族は代々竜に変容でき、現皇帝も翠竜帝と呼ばれ、美しい翡翠竜に変容すると聞く。自分などは姿を拝したこともないが。

当然、この少年皇子もアルファだろう。とはいえ、わずか十歳程度の子どもとオメガが関係するとは、従者も思っていまい。彼の憂慮は――。

「あまりこういうことはお尋ねしたくないのですが、女人禁制の神殿において、オメガの存在というのは……」

そう。つまり、ヨルネスが神官たちの色ごとの相手を務めているのではないか、そんな穢れた人間に皇子を任せたくない、ということだ。オメガは男性であっても線が細く中性的で、なおかつ容姿に恵まれている者が多いせいで、実際そういった役割を担わされることも少なくない。

　ホラーツは敵意も侮蔑も見せず、白くなった長い髭を撫でながら淡々と返事をした。

「ヨルネスは物心がつく前からこの神殿で育った、いわば私にとって息子も同然の存在でございます。もう一人の神官は妻帯者ですので、心配はご無用です。ヨルネスにしても、以前から薬を飲んで発情を抑えており、誘惑香を発したことは一度もございません」

　本来、神殿に仕える神官は禁色である。掟を破っている神殿も多々あろうが、老神官ホラーツもダンも、本当に清廉な信心深い神官である。

　だからこそ、皇帝もここを皇子の静養地に選んだのだろう。

　まだためらいを見せる従者に、ホラーツは静かに言った。

「信用できぬと申されるなら、どうぞお引き取りくださいませ。ヨルネスは我らの大事な家族でございますゆえ。もちろん、太陽が昇るまではご滞在くださって構いません」

　従者はきつい眼差しで睨みつけたが、ホラーツはただ見返すだけだった。

　やがて根負けした従者は、怒りを逃すように息をついた。

「いいでしょう。ですが陛下には、オメガが世話係になると報告させていただきます」

「なんら不都合はございません」

　心からヨルネスを信用しているホラーツの言葉が嬉しい。愛されている、守られていると信じられることで、自分も全力で期待に応えようと思える。

ヨルネスはルーフェンの前に進み出て膝をつき、やや下から視線を合わせた。

「ルーフェンさま、ヨルネスと申します。田舎ですのでご不便もあろうと存じますが、精いっぱいお世話させていただきます」

できるだけ親しみを込めた笑顔と口調で挨拶したが、ルーフェンの瞳はヨルネスを映していながら、まるで見えていないかのようにまったく動かなかった。ヨルネスはそんなルーフェンの様子を痛ましく思いながら、ほほ笑みは絶やさぬまま氷のように冷えた手を取った。

「さあ、こちらへ。温かい飲みものをご用意します」

手を引けば、ルーフェンはおとなしくついてくる。心をどこかに置いてきたように、ぼんやりと空中に視線を漂わせながら。その姿は皇子というより、ただの小さな子どもに見えた。

ルーフェンが感情を表さなくなっていったのは、一年ほど前からだという。

次期皇帝として幼少期から厳しい教育を受け、ルーフェンもよくそれに応えた。見目よく才気煥発なルーフェンには、周囲も期待していた。だがルーフェンには本来あるはずの皇族アルファの徴――竜のうろこがいつまで経っても現れない。

アルファの体には、変容できる獣の特徴が現れる。早ければ赤子のうちから、通常は遅くとも八歳頃までには。ごく稀(まれ)に成人近くなってから現れる者もいるが、大方は子どもの頃である。次期皇帝たるルーフェンに八歳を過ぎても徴が現れないことで、周囲はだんだんと焦(あせ)りを強めていった。幼いルーフェンには、それが重圧だったのだろう。

決定的だったのは、ルーフェンが十歳を迎えるとほぼ同時に、七つ年下の弟に早々と竜の徴が現れたことである。それまで徐々に表情を失っていたルーフェンは、ついには言葉も発さなくなった。

それが、ヨルネスが聞いたルーフェンの生い立ちである。ルーフェンは静養のため、自然豊かなこの辺境の神殿に送られてきたというわけだ。

「ルーフェンさま、寒くはありませんか」

ヨルネスが問いかけても、ルーフェンから返事はない。ヨルネスの部屋に二つめのベッドを運び込み、世話係のヨルネスがルーフェンと並んで眠れるようにした。必要なときにすぐ世話ができるように、そしてルーフェンが発作的に危険な行動を取らないか見張る意味もある。

ルーフェンはヨルネスの手で着替えを済ませ、蜂蜜を入れたハーブティーで体を温めてからベッドに寝かされた。

なにを話しかけても表情ひとつ動かさず、声も出さないルーフェンに胸が痛む。たった十歳の子どもが、自分の努力ではどうにもならない焦りと落胆と劣等感に苛(さいな)まれて心を閉ざしたのだと思うと、少しでも彼に寄り添いたいと思った。

「おやすみなさいませ、ルーフェンさま」

ベッドに寝かせたルーフェンの顎まで毛布を引き上げ、ぽんぽんと肩口をやさしく叩いてから蝋燭を吹き消した。


神殿の朝は早い。見習いのヨルネスはまだ暗い時間から起き出して、門を開けて清掃し、水や花を供えて朝の祈りを捧げる。午前中は村の子どもたちに勉強を教え、午後は雑用や神官の手伝い、時間が空けば自身の勉強、蝋燭を無駄にしないため夜は早めに就寝する。

いつも通りの時間に目を覚ましたヨルネスは、蝋燭を点して隣のベッドのルーフェンの様子を窺った。さすがに長い旅路で疲れたらしく、横向きに体を丸めてまだ眠っている。

ホラーツからは、ルーフェンを客扱いせずヨルネスと同じ仕事をさせるよう言われている。

「皇子には酷ではありませんか？」

そう尋ねたヨルネスに、ホラーツは首を横に振った。

「おまえはもっと幼い頃から同じように過ごしてきただろう。皇子はもう十歳だ」

自分より歳下の見習い神官がいないせいか、ヨルネスの目にはルーフェンはとても小さく庇護せねばならない存在に見える。

しかしホラーツが言うのだから、それは自分の役目なのだ。ただ、最初の一日だけは旅で疲れているだろうからと、自然に皇子の目が覚めるまで寝かせていいことになった。一緒に、世話係のヨルネスも今日の仕事は免除されている。

皇子から目を離すわけにはいかないが、暗い蝋燭の明かりでは本も読めない。二度寝をする習慣のないヨルネスは、上着を羽織って床に膝をつき、朝の祈りを始めた。

冷たい板張りの床からは、ラグを通して凍るような寒さが伝わってくる。きっと外には雪が積もっているだろう。音がしないから、雪も風も止んだようだ。

ゆっくり静かに祈りに入り込み始めたヨルネスの耳に、かすかなうなり声が聞こえた。

「ルーフェンさま?」

ベッドを覗き込むと、ルーフェンは目を閉じたまま辛そうに眉根を寄せ、奥歯をきつく噛んだような顔をしている。

額に手を当ててみたが、発熱はないようだ。旅の疲れが出て悪い夢でも見ているのだろうか。

ルーフェンを起こそうかと逡巡していたとき、小さな唇から弱々しい声が漏れた。

「ごめ……な、さい……」

ルーフェンの閉じた長い金色のまつげの間に、透明な涙が滲んだ。ヨルネスの心臓が激しく揺さぶられるほどの痛みを覚える。初めて聞くルーフェンの声が、寝言の謝罪とは。

ぎゅっと抱きしめてやりたくて、だが疲れているであろう彼を起こすのも忍びなく、ヨルネスは昨夜と同じように肩口をやさしく叩きながら、小さな声で子守歌を歌い始めた。

――――苦しんでいる小さな子に、少しでも心地いい眠りが訪れますように。

毛布からはみ出たルーフェンの手がなにかを探すようにもぞもぞと動いたのを見て、そっと握る。ルーフェンが無意識にヨルネスの指を握り返したとき、守ってやりたいと思った。

日が昇ると、村の子どもたちがそろって神殿の学び舎にやってくる。村はずれにある神殿までは中心地から森を通って一時間近くかかるので、年長の子が小さな子どもたちを先導してくるのだ。

朝食を終えたヨルネスは、ルーフェンを学び舎に連れて行った。ルーフェンと同じ歳頃の子どもたちもいるため、もしかしたら楽しめるかもしれないと思って。

ヨルネスとルーフェンが学び舎に入ると、子どもたちが興味津々で集まってきた。

「ヨル、誰その子」

「新しい神官見習い？」

ヨルネスは背後からルーフェンの両肩に手を置き、子どもたちに紹介した。

「みなさんの新しいお友達で、ルーフェンと言います。神官見習いではありませんが、しばらくこちらに滞在します。仲よくしてください」

ホラーツには、ルーフェンが皇子であることを他の人間に言わないよう指示されている。敬称もつけず、他の子どもと同じに扱うこと。それがルーフェンの受け入れ条件だという。

子どもたちは目を輝かせて、ルーフェンを取り囲んだ。あまり変化のないこの村では、新しい人間自体が珍しいのである。

「ルーフェン？　あたしエミリ！　よろしくね」

「おれはカイ。こっちのちっこいのはおれの弟でオスカー」

次々に子どもたちが名乗っていくが、ルーフェンは反応しない。

「あれえ、この子お話できないの？　お耳聞こえない？」

エミリがルーフェンの顔を下から覗き込んだ。ヨルネスはほほ笑んで、ルーフェンの肩においた手を腕に滑らせてさすった。

「ルーフェンは心の病気で、今はおしゃべりができません。その病気を治すためにここに来ました。みなさんの声はちゃんと聞こえていますよ。ゆっくりお友達になりましょう」

「心もお病気になるの？」

「なります。お腹や頭が痛いのと同じように、心も痛くなったりします。でもルーフェンは今、痛いということも言えません。ちゃんと言えるようになるよう、お手伝いしていきたいと思います」

子どもたちは納得したようで、我先にとルーフェンの手を引いて外に連れ出そうとした。

「今日は雪がいっぱい積もってるよ！　雪人形作ろう！」

「雪玉投げにしようぜ！」

勉強に来たのに、かばんを放り投げた子どもたちについ笑ってしまう。勉強も大事だが、子どもには遊びも大事だと自分も神官たちも思っている。

子どもたちに手を引っ張られたルーフェンの瞳が、戸惑うようにかすかに揺れたのを見逃さなかった。

（わずかにでも感情を動かしている？）

長子であるルーフェンは次期皇帝として厳しく教育されたという。きっと、城にはこんなふうに皇子を遊びに誘う子どもたちはいなかったのだろう。

それが喜びであれ怒りであれ、彼の感情が動くきっかけになれば……。

外に出た途端、雪に反射した太陽光が目に飛び込んできた。

「わ……」

一瞬違う世界に踏み込んだように、鮮やかな白と青空の対比が目の前に広がる。ふわりと白い息が空気に浮かんで消える。隣に立つルーフェンを見ると、まぶしげに目を細めていた。

それだけで、この子がなにも感じていないわけではないとわかって嬉しい。

「行こうぜ、ルーフェン！」

カイが声をかけるが、ルーフェンは動かない。他の子どもたちは早く遊びたくてそわそわしながらルーフェンに目を向けている。

「ルーフェンは遊びたくなったら加わらせてもらいますから、みなさんはお先にどうぞ」

ヨルネスの言葉で、子どもたちはわっと神殿の庭に向かって駆け出した。あちこちで雪を固めて人形を作ったり、雪を投げっこして遊び始める。

そんな子どもたちの様子に目をやりながら、ヨルネスはルーフェンの手を引いて歩き始めた。

「ほら、うさぎの足あとがありますよ」

ふっくらと積もった新雪の上に、弧を描いて点々とうさぎの足あとがある。ルーフェンはまったく興味を示さないが、ヨルネスは気にせずなにかにつけて話しかけた。

二人の少女が力を合わせて、大きく丸めた雪の玉を三段に重ね、枯れ枝や落ち葉で手や顔を作っている。

「あっ、ヨル、ルーフェン！　手伝って！」

三段の雪人形は危なっかしくぐらぐらと揺れ、今にも倒れそうだ。

「ルーフェン、こちらを支えてください」

ヨルネスがルーフェンの両手を取り、少女たちの反対側からいちばん上の玉を支えさせる。

ヨルネスはその間に、安定をよくするためにいちばん下の玉の周囲に雪を盛ろうとしゃがみ込んだ。そのとき。

「あっ！」

少女の足が、雪で滑った。少女は思わず手を離し、雪人形のいちばん上の玉がゆっくりと傾いた――――ルーフェンに向かって。

「ルーフェン！」

玉を抱くようにして、ルーフェンが尻餅をつく。落ちた玉はごろりと横に転がった。

慌(あわ)ててヨルネスが助け起こすと、ルーフェンは不思議そうに目を見開いていた。髪も服も雪まみれで、首もとからも雪が服の中に入り込んでしまっているのが見える。これでは肌着まで替えなければならないかもしれない。

「大丈夫ですか？」

半開きになったルーフェンの唇から、小さな声が漏れた。

「……つめた……」

しゃべった！

外部からの刺激に対して反射的に出てしまっただけの声だとしても。

嬉しくなってルーフェンについた雪を手で払っていると、背後から飛んできた握りこぶし大の雪玉がヨルネスの肩に当たった。振り向くと、カイを始めとする少年数人が、足もとの雪をすくっては玉にしてこちらに投げ始めた。雪人形を作っていた少女たちが、

「きゃあっ！」

と明るい悲鳴を上げてそれに応戦する。

たちまち、周囲は雪玉を投げ合う子どもたちでいっぱいになった。ヨルネスにもルーフェンにも、次々雪玉が飛んでくる。

「ちょっと、ヨルとルーフェンもやり返してよ！」

冷たくて嫌なのか戸惑っているのかわからないが、ルーフェンの表情が複雑に変化している。少なくとも、嫌なら嫌だと拒否する反応を見せるまでこのまま続けたい。

「わたしたちもやりますよ、ルーフェン」

ルーフェンの背後に回り、手を持って雪をすくわせ、カイたちに向かって投げつけた。カイの顔に思いきり当たる。

「うわっ、ぷ……！」

ぶるぶるっと頭を振って雪を払ったカイが、にやっと笑って、「やったな！」とすごい勢いで雪玉を作っては投げてきた。

いつの間にか少女たちがヨルネス側に集まっていて、

「ヨルとルーフェンを守るよ！」

とやり返している。

ヨルネスもルーフェンの手を使って、雪をすくっては放り投げた。子どもたちは興奮して、笑い転げながら雪玉投げに没頭した。ルーフェンも心なし、楽しんでいるように思える。

「ふわぁ、つっかれた！」

疲れ切ってみんな息を切らせながらしゃがみ込んだとき、神殿から出てきたダン神官が大声で手を振った。

「おーい、風呂を用意したからみんな入れ！　芋も茹でてあるぞ！」

「やったぁ！」

子どもたちが歓声を上げ、我先にと神殿に向かって駆けていく。

神殿の風呂は、焼いた石に水をかけて大量の蒸気を発生させる方式になっている。そして端にある水風呂で汗を流して出てくるのだ。風呂用の水は雪を溶かせば困らないし、蒸気は芯から体を温めてくれる。

水風呂だけの夏場も心地いいが、ヨルネスは冬の風呂が好きだった。

子どもたちは腹が減ったらしく、風呂前に芋を頬張ろうとしてダンに叱られている。

「こら、風呂が先だ」

襟首をつかまれ、「はぁい」と風呂へ向かう足取りも楽しそうだ。

「わたしたちも入りましょうか」

ヨルネスが誘うが、ルーフェンは風呂の前まで来ると途端に表情を硬くして足を止めた。

子どもたちは男の子も女の子も勢いよく服を脱ぎ、風呂に飛び込んでいる。

「ルーフェン？」

雪で濡れた服のままでは風邪を引いてしまう。訝しく思いながらもルーフェンの服に手をかけて脱がせようとしたとき、突然ルーフェンが叫んだ。

「いやだあああっ！」

みんなが驚いて一斉に振り向く。

ヨルネスの手をなぎ払ったルーフェンは両腕で自分を抱きしめるようにし、しゃがみ込んで震えている。

「見るなぁ……っ！」

自分を抱きしめているのではない、とすぐにわかった。服を脱がされないようにしている。すぐに思い当たった。ルーフェンの体には皇族のアルファの徴である竜のうろこが出ていない。肌を見られたくないのだ。

（恥ずかしいことなどではないのに……）

震える背中が痛ましい。

昨夜は寝間着に着替えはしたが、手首足首まである冬用の肌着は着たままだった。だからルーフェンが肌を晒すことにこんなに恐怖を抱いているとわからなかった。

ヨルネスはルーフェンを抱きしめ、やさしく背中をさする。

「ではあとでわたしと二人だけで入りましょう。肌着をつけたままで構いませんから」

蒸気が出ている状態で服の上から肌をこすり、そのまま水風呂に入れば汚れは落ちる。あとはヨルネスが後ろを向いて自分で肌着だけ替えさせればいい。

ルーフェンの体を支えてなんとか立たせ、子どもたちを振り向いた。

「大丈夫です。みんなはお風呂に入って温まってください」

子どもたちはルーフェンになんと声をかけていいかわからず不安げな顔をしたが、おずおずと頷くと風呂に入っていった。

ダンが、茹でた芋を載せた皿をヨルネスに手渡す。

「暖炉の前で毛布にくるまっているといい」

「ありがとうございます」

皿を受け取り、二人で暖炉の前に座る。肩から毛布をかけ、暖炉でぱちぱちと音を立てながら赤く燃える薪を見つめた。

ルーフェンはまた殻に閉じこもったように表情を失くしている。ヨルネスはルーフェンの頭を抱き寄せ、自分の肩に寄りかからせた。そしてほほ笑みながら言う。

「嬉しかったです、あなたがちゃんと嫌だと言ってくれて」

ルーフェンからの返事はないが、そのまま続けた。

「これからも、嫌なことはきちんと伝えてください。でもわたしは厳しいから、お掃除やお勉強が嫌だと言ってもしてもらいますよ。好き嫌いも許しません。……でも、言うだけは言っていいんです。好きなことも、どうしたいかも」

　聞いているのかいないのか、ルーフェンの反応はない。

「もっとあなたのことを知りたいです。なにが好きですか。好きなものを増やしていくのもいいかも知れませんね。たとえばほら、このお芋」

　ヨルネスは木のスプーンで、茹でただけの芋をすくってルーフェンの口もとに持って行った。茹でただけの芋など、皇族が口にするようなものではない。だが厳しい冬の寒さを乗り越えた芋は甘みが強くなるのだ。冬がくれたやさしい甘さを、味わってもらいたい。

　ルーフェンの唇にスプーンを当てて小さく口を開かせ、芋を押し込む。ルーフェンはゆっくりと咀嚼し、こくりとのどを鳴らして飲み込んだ。

「美味しいでしょう？　チーズを載せるともっと美味しいんですけど」

　同じスプーンで自分も芋を口に運ぶ。

「今はこの国も豊かですが、とても貧しい時代、このお芋を茹でただけの食料で農民は冬をしのいだそうです。すり潰せば赤ちゃんでも食べられますしね。わたしたちはお芋に感謝して、今も冬になるとたくさん食べて過ごすのです」

　スープに入れたり、塩漬け肉に添えたりと、調理次第でごちそうになる。けれどあえて茹でただけの芋を間食として子どもたちに出す。現在の豊かな暮らしに感謝し、先祖に敬意を払うために。

もうひとさじ、ルーフェンの口に運ぶ。ルーフェンはおとなしく口を開けた。交互に食べながら、二人で半分ずつ分けて食べきった。

「そろそろみんなお風呂から出たようですね。行きましょうか」

ルーフェンの体が硬くなる。

「見ませんから。約束します。あなたが体を拭いたり新しい肌着に替えるときは、後ろを向くか目をつぶります」

一人で入らせるのは、焼けた石もあるので危ない。ルーフェンはうなずきもしないが、拒絶もしない。ならばと手を引いて、風呂に連れて行った。

「新しい肌着はこちらに置いてあります。濡れた肌着はあとで脱いだらこっちの籠に入れて」

ルーフェンに教え、二人で肌着をつけたまま風呂に入る。

焼けた石に水をかけると、激しい蒸発音とともに大量の蒸気が立ち上った。すぐに、雨に打たれたように全身がびしょ濡れになる。高温で蒸されて汗の浮いた肌を、濡れた肌着でこするのは気持ちいい。石鹸で髪を洗い、泡立てた手を肌着のすき間から差し入れて体を洗った。

「少し冷たいですよ」

水風呂から桶で水を汲み、頭から泡と汚れを流す。それから水風呂に体を沈めた。

高温で火照った体を、冷たい水が心地よく冷ましてくれる。風呂から出ても、体の芯はぽかぽかしたままだ。

「背中合わせに着替えましょう。あなたの着替えが終わるまで、わたしは振り向きません。だから着替えが終わったら教えてくださいね」

そう言って、背を向けた。

教えてくれは、わざと言った。ルーフェンが自発的にしゃべらないのはわかっているが、たとえ実行に移さずともなにかしら感じてくれれば。

もしかしたらルーフェンは着替えていないかもと思ったが、ヨルネスは自分の着替えが終わっても辛抱強く待った。

そろそろ、もし着替えていなかったら体が冷えてしまうから声をかけようと思ったとき。

かすかに、ヨルネスの服が引っ張られる感覚があった。

振り向けば、うつむいてはいるがヨルネスのシャツの裾（すそ）を指でつまむルーフェンがいた。

（ルーフェン……！）

内心では喜びで叫びそうになりながら、大げさにならないようルーフェンの頭を軽く撫でた。

「ちゃんと着替えられましたね。教えてくれてありがとう」

子どもたちのいる部屋に戻ると、半分以上の子は雪遊びと風呂で疲れ切り、芋で腹を満たしたせいで気持ちよく昼寝をしていた。

「今日は勉強にならないな」

ダンも、勉強のための椅子に座ったまま木の長机に突っ伏して寝る子どもたちに、笑いながら毛布をかけてやる。

ヨルネスと並んで椅子に腰かけていたルーフェンも、疲れが出たのか緊張が解けたのか、水を飲んだあとはうつらうつらとして寄りかかってきた。

そっとルーフェンの肩を抱き寄せ、ヨルネスも目を閉じる。洗い立ての髪の香りと、温かい体温が心地いい。

この子は大丈夫だ、と思った。

少し心が疲れてしまっているだけ。まだ人を拒絶していない。自分でも動くことができている。まぶしさも冷たさも恐怖も表せている。

人の上に立つ立場になるために、きっと休む間もないほど懸命に教育を受け続けるであろう彼が、人生の中で短い期間でも羽を伸ばせるといい。

いつか城に戻らなければいけない皇子が、つかの間の休息を楽しめますように。

心から願って、子どもらしい寝息を立てるルーフェンの額に口づけた。

ルーフェンは早朝から起き出して、ヨルネスと共に神殿の仕事や勉強をこなしていく。

最初は手順がわからず戸惑ったり寒さに動きが鈍ったりすることもあったが、徐々に言わなくても自分から動くようになっていった。

ルーフェンはもの覚えも要領もよく、器用で賢い子だということがすぐにわかった。

初めてかすかな笑顔を見せてくれたときの嬉しかったこと。

夜中にうなされて目を覚まし、隣のヨルネスのベッドに潜り込んできたときは、抱きしめて朝まで眠った。一緒に眠ることで、ルーフェンはうなされなくなった。

家族も友人もいない中に放り込まれたのに、むしろ安心して気持ちを和らげていく様子を見るのは、彼の城での生活が思われてヨルネスの胸を痛ませる。でもだからこそ、ここにいる間は子どもらしい生活を送ってほしい。

危ないときにはきちんと叱って言い聞かせ、よくできたときはたくさん褒める。普通の子どもと同じように。

雪が溶ける季節には、自分から言葉を発することはないものの、ヨルネスが手を引かずとも他の子に混じって動けるようになっていた。


「皇子はずいぶん馴染んだようだ」

スープを作るヨルネスの隣に来たホラーツが、窓越しに外で野菜を水で洗うルーフェンを見つめながら言った。

「はい。まだしゃべりはしませんが、すっかりわたしの手伝いにも子どもたちと行動することにも慣れました。明るい表情も増えてきましたし、ときには一緒に遊びたがる素振りを見せることもあります」

「ほう、それは素晴らしい」

ホラーツは最低限必要な関わりを除き、ルーフェンのことをヨルネスに一任している。それだけ信用して任せてくれているのだ。

「あと少し、なにかのきっかけがあれば自分からも話してくれると思うんですが」

「まあ、焦ることはない」

「はい」

ルーフェンが洗い終わった野菜を持って台所に戻ってくるのと同時に、ヨルネスのスープが出来上がった。

「村の一人暮らしのご老人に配りにいきます。ルーフェン、手伝ってください」

大きな鍋を二人で両側から持ち上げた。雪の季節を避け、神殿では週に一度、一人暮らしの老人にスープを差し入れる訪問をしている。

鍋を台車に載せ、こぼれないよう蓋(ふた)ごと荒縄(あらなわ)でしっかりと固定した。

ルーフェンが台車を押そうとしたが、慣れないと雪解け道は難しい。

「行きはわたしが押しますので、帰りはお願いできますか」

ルーフェンは少し残念そうな顔をしたが、黙って手を離した。おとなしく、台車を押すヨルネスに並んで歩き始める。

きらきらとした温かい春の日差しが降り注いで、風がさわやかで心地いい。

ふと、ルーフェンが道の端にしゃがみ込んだ。

「どうしました？」

ルーフェンは立ち上がると、白い花をヨルネスに差し出した。雪解けの時季に雪の下から顔を出す、涙のような形をした小さく可憐な花だ。

「わたしに？」

ヨルネスがかすかに目を丸くすると、ルーフェンは恥ずかしそうにしながら小さく頷いた。その様があまりに愛らしくて、思わず声が弾む。

「ありがとうございます」

親愛の情を形にして示してくれたことは、大きな進歩だ。台車を止め、花を受け取った。

ルーフェンは五つ離れたヨルネスに、兄のような感情を持っているのだろう。ヨルネスもすっかり弟を可愛がるような気持ちになっている。

ルーフェンのはにかんだ表情が可愛くて、自分の口もとも弛(ゆる)む。

「知っていますか、ルーフェン。この花にはこんな伝説があるんです。昔々、雪が自分に色が

無いことを悲しんで、花たちに色を分けて欲しいと願いました。みんなに拒まれた中で、唯一色を分けてくれたのがこの花だったのです。だから雪はこの花と同じ色をしているんです」

とてもやさしい花なんですよと笑ったヨルネスを、ルーフェンはまぶしそうな目で見つめた。

神殿に戻ったら本に挟んでしおりにしようと、大事に外套の内側にしまったとき。

「……っ、ルーフェン、こちらへ！」

ヨルネスの視界に、大きな野犬が飛び込んできた。スープの匂いに誘われたのだろうか、ひくひくと鼻を蠢かせ、ギラギラと目を輝かせている。体は痩せ細り、毛艶も悪くぼろぼろに汚れている。

（危ない……）

飢えた野犬は危険だ。家畜のみならず人間すらも襲う。この道沿いで野犬に出くわすことはめったにないが、冬の間食べものに困って迷い出て来たのだろう。犬は群れで行動することが多い生きものだ。近くに仲間がいる可能性もある。呼ばれたら逃げ切れないかもしれない。

（ルーフェンだけは絶対に助けなければ……）

横目でルーフェンを見やり、自分の背後に隠そうとする。だがルーフェンは道端の棒きれを拾うと、両手で剣を構えるように持ってヨルネスと犬の間に立ち塞がった。

「いけません、ルーフェン。わたしの後ろに隠れてください」

犬を刺激しないよう、静かな声で言う。だがルーフェンはじっと犬を見つめたままだ。犬は耳を後ろに伏せて体を低くし、唸(うな)りを上げて明らかに攻撃の態勢を取っている。

どうする……、スープの蓋はしっかり縄で縛ってあってすぐには開けられない。

犬が近づいてくるのを見て、ヨルネスは心を決めた。

「ルーフェン、逃げて！」

叫んで、道の下に向かって駆け出す。犬は動くものを追いかける性質がある。犬が自分を追いかけている間に、ルーフェンが逃げてくれれば。

案の定、犬はひと声叫びを上げるとヨルネスを追って走り出した。人間より犬の方が足が速い。すぐに追いつかれるのは目に見えている。だからルーフェン、早く逃げて――――！

ぬかるみに足を取られ、残雪と泥の入り交じった中に思い切り転ぶ。

「ヨルッ！」

ギャイン！　と犬の叫び声がして、ヨルネスの顔の横で汚れた犬の脚がよろめく。犬の体に当たったらしい石が転がった。

急いで顔を上げると、犬はルーフェンに向かって飛びかかっていくところだった。

「ルーフェン！」

ルーフェンは首筋を狙ってきた犬の牙を体を反転して躱(かわ)し、剣の柄頭(つかがしら)を使うように棒の尻で的確に犬の横面(よこつら)を殴る。犬は怒り狂い、正面からルーフェンに食らいついた。すんでのところで棒を噛ませたが、犬は棒を食いちぎらんばかりに激しく首を振る。

もみ合いながら、ルーフェンが犬の下腹を力強く蹴り飛ばした。

「ギャウンッ！」

犬はたまらず棒を放し、横向きに倒れた体を飛び跳ねるように立て直して腰を引いた。ルーフェンが棒を構え直すと、ウウ……、と唸った犬は後ずさりし、踵（きびす）を返して逃げて行った。

犬が見えなくなると、ルーフェンはやっと構えを解いた。鋭い眼光と訓練された身のこなしは、とても子どものものとは思えない。

（これが……、次期皇帝として教育されたアルファ……）

もともとアルファは身体能力が高いという。けれど、大人の男でも食い殺されることがある野犬を相手に、わずか十歳の子どもが優位に戦えるとは。

小さな体から、秘めた力の陽炎（かげろう）が立ち上っているのが見えるようで、ぞくりとした。

肩で息をしていたルーフェンは、棒を投げ捨ててヨルネスに駆け寄ってきた。

「ヨル、け……、怪我、は、ない……？」

ヨルネスを助け起こそうと手を伸ばすルーフェンの顔を見つめた。

しゃべっている。ルーフェンが。

しばらくぶりに出した声はかすれ、少ししゃべりにくそうだけれど。

「……大丈夫です」

「よかっ、た」

安堵の表情を浮かべたルーフェンは、ヨルネスの首に腕を回してぎゅっと抱きついた。華やかな喜びが湧き上がってくる。ヨルネスの危機に、この子は叫んでくれたのだ。無意識だったろうが、出せなかった声を取り戻して。

ヨルネスを抱きしめるルーフェンの背を、愛しい気持ちで抱き返した。

「助かりました、ありがとうございます。……ルーフェン、気づいていますか？　あなたがしゃべっていることに」

「え……？」

ルーフェンは体を離すと、呆然とヨルネスの顔を見た。

「あれ……、ほんとだ……」

「わたしが危険に晒されていることを心配してくれたのですね。ありがとうございます」

ルーフェンはきゅっと眉を寄せた。

「ごめん、ね……、俺が、ついてたのに……、ヨル、を、怖い目に……、遭わせて……」

まだ出しづらそうな声で、まるで大人の男のようなことを言う。

普段ならほほ笑ましく思ったろうが、子どもらしからぬ戦闘能力を見せつけられた今は、畏怖とも尊敬ともつかない複雑な感情がこみ上げた。

「あなたこそ怪我はありませんか？」

ルーフェンは首を横に振った。

「よかったです」

ルーフェンに怪我があったら一大事だ。ルーフェンは次期皇帝。彼の体は、彼一人のものではない。非常時には、人助けより自身の安全を確保することを優先するようよく言い聞かせておかねば。ルーフェンは不満に思うかもしれないが、重要なことである。

危ない状況から救ってくれたことへの感謝とは別に、彼には自分の立場を自覚してもらうよう伝えようとしたとき。

どくり。

とヨルネスの心臓が大きく跳ねた。

「え……」

突然心臓が早鐘（はやがね）を打ち出し、風呂にでも入ったように急速に体が熱くなってくる。

（なに……？）

のぼせたように頭がくらくらし、血流が体を駆け巡っているようだ。

「は……、あ……」

きゅう、と下腹と腰回りが絞られるように疼（うず）き、たまらず地面に手をついて息を吐いた。

「ヨル……？」

ルーフェンが困惑した声でヨルネスの名を呼ぶ。その声で、悶（もだ）えたくなるほど全身に甘い痺（しび）れが走った。

これは……、もしや…………、発情――!?

「だいじょう、ぶ？　やっぱり……どこか怪我、したんじゃ……」

「……っ、ルーフェン！　お、お願いです……、人を……、ホラーツ神官を呼んできてください！　ヨルネスに薬が必要だと……！」

初めての感覚に混乱しつつも、ルーフェンを遠ざけるために叫ぶように指示をした。

「でも……」

ヨルネスを一人で置いていくことにためらいがあるのか、ルーフェンはなかなか動こうとしない。ルーフェンの頬がかすかに上気し、半開きの唇を震わせた。

「ヨル……、なんか……、いい、においが……」

匂い？

ルーフェンの瞳が潤み、膝頭をすり合わせるように体を揺らした。

ヨルネスの体から、ふわりと甘い香りが立った。頭が痺れるような、無性に誰かに震いつきたくなるような、今まで嗅いだことのない不思議な香り――誘惑香だ、と直感した。

（いけない！）

強引にルーフェンの胸を押して距離を取る。

「早く……、く、薬を……」

アルファである彼に、誘惑香は強く作用してしまう。まだ十歳の彼に、おかしな欲求を覚えさせてはいけない。

苦しげなヨルネスが病気と思ったのだろう。ルーフェンはぐっと表情を引き締めると、一度だけヨルネスの手を強く握ってから立ち上がった。

「すぐに呼んでく、る、から、待ってて！」

神殿に向かって駆けていく小さな背中を見送りながら、ずるりと地面に倒れ込んだ。息苦しくて、肌に虫でも這っているようにむずむずする。

浅く短い呼吸をして、体の中に溜まった熱を逃がす。尻の狭間がずくずくと疼いて、そこに力を込めると、突き上げるようなきゅんとした疼きが胸まで駆け上がった。

なんだこれは。こんな感覚は知らない。

だがこれが発情なのだと本能的にわかる。陰茎が硬さを帯び、触れたくてたまらない。ぬるぬるとした体液が後孔から滲み出て、甘い香りで劣情を誘う。

自分自身の発する匂いで、ヨルネスですら劣情に溺れてしまいそうだ。

「く……」

なんとか立ち上がり、ふらつく足取りで神殿に向かう。

一歩ごとに、ぬるついた体液が下着に染みていくのがわかる。そこに熱いものを穿たれるのを待ちわびる本能が鬱陶しい。

多くはない性的知識でも、性交でどのようなことをするのかは知っている。自身の体や性、子作りの仕組みについて、ホラーツはきちんと教育しておいてくれたから。

けれど、自分は神に仕える身。欲に流されたくはない。理性でもって欲を抑える。それが神に仕える者の修行のひとつである。

体力的に不安な老齢のホラーツを呼ぶよう頼んだのは、万が一にも壮年のダンがヨルネスの誘惑香に惑わされて間違いを犯す危険を防ぐためだ。可能性は少ない方がいい。

道の半ばまで来たとき、急いでやってくるホラーツが見えた。

「おお、ヨルネス！」

ホラーツの顔を見たら、安心して脚から力が抜けた。

「申し訳ありません……、突然……、発情が……」

「薬は？」

「飲んでいます……」

発情期を抑える薬はいつも通り飲んでいるのに、どうして。

「おそらく初病だろう」

「初病……」

知識としてだけ聞いていた言葉を、曇る思考で思い出した。

初病とは、オメガが初めてアルファに出会ったときに起きる症状である。とはいえ、普通は生殖可能な年齢にあるアルファとオメガの間で起こるもので、実際ヨルネスがルーフェンと初めて顔を合わせたときには起こらなかった。だから安心していたのに。

ホラーツは真っ白な眉の下の目を厳しく細めた。

「もしや……、皇子に徴が現れたのかも知れん」

「徴……?」

「アルファの徴だ。帰ってから確認してみなければわからぬが……。徴が現れたことで、一気にアルファとして成長して、おまえのオメガ性を刺激したのやも知れぬ」

まだ精通を迎えていなそうなルーフェンの気に中(あ)てられて発情したのなら、その可能性が高い。

「もうおまえと皇子を同じ部屋で寝起きさせることはできぬな」

その通りだ。だがこの状況でルーフェンがしゃべれるようになったのは僥倖(ぎょうこう)だった。もう一人にして自身の命を危うくするような行動の心配はいらないほど精神が回復している。見張っている必要はない。

いつもヨルネスのベッドに潜り込んできて安心した寝息を立てる姿を見られなくなるのは残念だが、徴が現れたなら喜ぶべきことだ。

ホラーツに支えられながら神殿に戻り、自分のベッドに倒れ込む。ダンによって、すでにルーフェンのベッドは運び出されたあとだった。ルーフェンのベッドのあった場所が空いているのが寂しい。

ルーフェンの存在を強く感じる場所に来たせいか、ベッドにたどり着いて安心したせいか、体が燃え上がるように熱くなった。

「いいか、ヨルネス。初病はひと晩もあれば引く。それまでこの部屋から出ぬように」

部屋を出て行こうとするホラーツを呼び止めた。

「お願いです……、わたしの腕を縛ってください。神の使徒として恥ずべき振る舞いをしないように……」

神に仕える者は神殿内にある自室での性交はもちろん、自慰も禁じられている。ヨルネスも生まれてこの方、性的な目的で自分の性器に触れたこともない。でも今のままでは……。

「修行不足を恥じております。精神だけで乗り越えられぬ弱さをお許しください……」

性欲を知らずに生きてきた自分は、初めての発情に耐えられる自信がない。このままでは一人になったら欲望を解放してしまいそうだ。

ホラーツはうなずくと、後ろ手に揃えたヨルネスの手首にタオルを巻いて、その上から縄でぐるりと縛めた。同じように、足首も揃えて縛る。

そして汗で濡れるヨルネスの額にかかる黒髪をかき上げ、祝福の口づけをした。

「愛しい我が子、ヨルネス。おまえのことは神が見ていてくださる。決して一人ではない」

ホラーツが出て行ってから、淫欲を頭から締め出したくて教典の内容を反芻しようとする。

だが、次から次へと浮かび上がる淫らな欲求で集中できない。目を閉じれば、余計に体の熱さと疼きがはっきり襲いかかってきた。

「くやしい……」

自分はこんなにも弱く、自制心のない人間だったか。

敏感な部分に服がこすれれば、それだけで達してしまいそうになる。服もすべて脱がしていってもらえばよかった。

かすかな刺激を求めて勝手に揺れそうになるだらしのない腰を、意志の力で抑え込んで唇を噛んだ。血が滲むほど噛んだ唇の痛みで、わずかに理性がつなぎ止められる。

ルーフェンはどうしているだろう。きっとヨルネスを心配して、部屋に来ようとしてホラーツに止められているに違いない。

(ああ、ルーフェン……)

ルーフェンの顔を思い出した瞬間、恐ろしい欲求がせり上がって、たちまち腰の奥から熱い塊が陰茎を伝って噴出した。

「あ……、あああ…………っ!」

目も眩（くら）むような心地よさに気が遠くなる。

これが、性的快感か。

「は……、ああ……、うそ……」

下着の中に、どろりとした生温かさが広がった。

ただ、ルーフェンの顔を思い浮かべただけで。

あんないたいけな子どもに、自分はいったいなにを――。

いくらルーフェンが自分の初病を促したアルファとはいえ、まだ十歳の子どもなのに。

「神さま……」

ルーフェンで性的な妄想をしたわけではない。それでも自分の罪深さに、気を失いそうになった。彼を穢した気がした。

（ごめんなさい、ごめんなさい、ごめんなさい……！）

生まれて初めて、オメガの性を厭わしいと思った。自分は理性的な人間であると信じてきたのに、音を立てて自分への信頼が崩れていく。体より、心が辛い。

手足を縛められ、芋虫のようにベッドに転がりながら、ヨルネスは波のように襲いかかる淫欲を堪えることだけに集中した。

2.

長い夜だった。

汚れた下着を気持ち悪いと思う余裕もなく、ひたすら情欲に耐え続けて疲労困憊し、夜が明ける頃にやっと眠りについた。

目覚めたとき、ヨルネスの体には毛布がかかっていた。扉の外でじっと待っていたホラーツが、ヨルネスの気配が落ち着くのを待ってかけてくれたという。雪解けの季節は、まだ寒い。ホラーツのおかげで風邪を引かずに済んだ。

風呂で体の汚れを落とし、下着と服を洗う。過ぎてしまえば、なぜあんなに体が疼いたのかわからぬほどだ。

（あれが発情……）

朝起きたときに下着が汚れていることはあったが、起きているときに自分で精を絞ったことはない。初めて知る快感は、悦楽というよりむしろ恐怖だった。

思い出すと陰茎のつけ根がちくりと甘く痛むのが嫌で、頭から水を被って記憶から追い出した。

初病にかかったこと自体は、神も怒らないであろう。初病はオメガの体の機能的に仕方のないことだった。二度はない。

今後は清廉な生活をし、誰かと婚姻するることがあったら、その人とだけ体の関係を結ぶ。自分で慰めたりはしない。薬を飲み続け、周期的な発情を抑えていこう。

冷たい水を被ると頭も体もすっきりした。

今日は朝の清掃もできなかったことをホラーツに詫び、神へ祈りを捧げねば。

服を着て食堂に行くと、待っていたようにルーフェンが飛び出してきた。

「ヨル！」

ルーフェンの姿を見るとどきりとした。だが平静を保ち、静かにほほ笑みかける。

「昨日はありがとうございました。もう大丈夫ですので、ご心配なく」

ルーフェンの後ろから、ホラーツがゆっくりと歩いてきた。

「発情は抜けたようだな」

「はい。お世話をおかけしました。日課がこなせず申し訳ありません」

深々と頭を下げたヨルネスに、ホラーツは顔を上げるよう促した。心配そうにヨルネスを見るルーフェンの顔つきが、どことなく昨日までと違って見える。はっきりとは言えないが、大人びたような。

ホラーツがルーフェンの肩に手を置き、感慨深げに頷いた。

「日課はルーフェンがやってくれた。さて、確認させてもらったが、やはりルーフェンにはアルファの徴が現れておった。左肩に」

やっぱり！

ルーフェンの顔つきが違って見えるのも自分の気のせいでなく、大人のアルファとしての成長が始まったからなのだ。

ルーフェンは肩越しに、ホラーツに懇願するような視線を向けた。

「俺、ずっとヨルと同じ部屋がいい」

ホラーツは首を横に振る。

「ヨルネスに初病を起こさせたからには、万一の過ちを避けるため、慎重な行動を取らねばなりませぬ。それはあなたが皇族でなくとも、男女であっても同じ。節度を持つのは互いのためでもあります」

自分がわがままを言えば、ヨルネスまでふしだらな目で見られる。賢いルーフェンはそれを悟り、寂しげにしながらも頷いた。

「でも、日課と勉強は一緒にしてもいいでしょう？」

縋る目で見てくるルーフェンに、安心させるように笑った。

「もちろんです。あなたがしゃべるようになったと知ったら、みんなも喜びますよ。楽しく勉強しましょう」

ホッとした表情を見せたルーフェンを、愛おしいと思った。

言葉を発するようになったルーフェンと勉強していて、とても驚いた。

「こんな難しい勉強までしているのですか？」

子どもたちが計算表を解いている間に、ヨルネスは自分のための勉強をすべく本を開いていた。ヨルネスは勉強が好きで、都の学舎で使う教科書を取り寄せている。特に数学はゲームのようで大好きで、数歳上の生徒が学ぶ数式も自主的に覚えてしまった。ところが、ルーフェンもはるか上の年齢を対象とする問題集をすらすらと解いてしまうのだ。

「でもヨルの方が難しい問題を解いてる」

悔しそうに言う。

「それは、わたしの方が五つも歳が上ですし……」

それだって、自分が去年まで使っていた中級の教科書の内容だ。十歳の子どもがする範囲の勉強ではない。ルーフェンはしゃべらないときは与えられた問題だけを無言で解いていたので、こんなに先のことまで勉強できているとは知らなかった。

「今までの問題では簡単すぎてつまらなかったでしょう」

そう言うと、意外にもルーフェンは首を横に振った。

「そんなことない。他の子と一緒に机に座るの初めてだから楽しかった。ゆっくり問題解いても誰も怒られてなくて、みんな悩んでも楽しそうにしてるから、初めて俺も勉強楽しいって思えた」

楽しい、と繰り返すルーフェンを愛しくも哀れにも思った。

子どもらしい生活をしてきていないのだと、言葉や行動の端々(はしばし)から察せられる。

ルーフェンはまっすぐにヨルネスを見つめた。

「ヨルよりなんでもできるようになりたい。……早く大人になりたい」

悔しげなのは単に負けず嫌いだからなのかと思ったが、それだけではない気がした。むしろ、幼い自分にもどかしさを感じているような。

「焦らなくても、いずれ大人になりますよ」

「ヨルみたいに？」

「わたしなどまだまだ大人ではありませんよ」

ルーフェンからすれば、自分はかなり大人びて見えるのだろうが。少し年上がとても大人に見える年頃だ。

二人で同じ歴史学の書物を覗き込み、過去の政治の問題点や疑問点などを話し合う。そんなときのルーフェンは、実にアルファらしい。見目麗しく、勉学にも体術にも優れ、人を惹(ひ)きつける雰囲気を持っている。生まれながらの皇族なのだ。

小さなオスカーが、ルーフェンのシャツを引っ張った。

「ルーフェン、これおしえて？」

オスカーは引っ込み思案で泣き虫な男の子で、静かだったルーフェンに親近感を持っているらしい。ルーフェンがしゃべるようになってからは、ちょこちょこくっついてきては遊びや勉強をねだる。

ルーフェンは年長者らしくオスカーの頭を撫でると、目で見て理解しやすいよう木の実を使って足し算を教え始めた。ルーフェンの教え方は丁寧でわかりやすい。

たちまちルーフェンは子どもたちの中心になった。特に女の子たちは、みなルーフェンに恋い焦(こ)がれるような目つきになった。だからといって男の子たちから疎まれることもないのは、ルーフェンが誰にも特別な態度を取ったり愛想を振りまいたりしないせいだろう。

ルーフェンが人より親しげな目を向けるのはヨルネスにだけ。ヨルネスは教師役なので、取り立てて彼らの嫉妬を煽(あお)ることもない。むしろ抜きん出て勉強のできるルーフェンは、教師役に回ることも多かった。

カイが苦手な分数を一生懸命にやり、全問正解して飛び上がった。

「やったあ！」

ヨルネスはくすくす笑いながら、カイに答案を返す。

「よく頑張りましたね」

「おう！　おれ、将来は商人になるつもりだから、計算強くないとな！」

冒険好きなカイは、あちこちの村や町に行ける商人になりたいと、以前から言っている。カイがそう言ったのを皮切りに、子どもたちが次々と将来の夢を語り出した。

「あたし、お星さまの勉強をしたいの」

「ぼくは都に行って詩人になりたいなぁ」

「じゃ俺は騎士！」

どっと子どもたちが笑う。一人がルーフェンに向かって無邪気に問いかけた。

「ルーフェンは？　なにになりたいの？」

ルーフェンは顔を強ばらせ、奥歯を噛みしめるような表情をした。

ヨルネスはすいとルーフェンの前に立つと、腰をかがめて視線を合わせた。

「希望がすべて叶うとは限りません。けれど、漠然とした憧れがあってもいいのではありませんか？　もちろん、まだ思いつかないということもあるかもしれませんね」

「ヨルは……？」

「わたしですか？　わたしは、物心ついた頃から神官になると思ってきました」

神に仕え、この村で過ごすのだと。

「でも叶うなら、都で勉強をしてみたいですね」

たくさんの神官たちと一緒に神に祈りを捧げたり、夜通し教典について話し合ったりしてみたい。都の大神殿には書物も読み切れないほどあるだろう。

オメガである自分が集団生活に向かないのはわかっているので、憧れに過ぎない。だがルーフェンにも言ったとおり、憧れを抱(いだ)くくらいは構わないと思う。

ルーフェンはかすかに目もとに朱を刷(は)くと、小さな声で言った。

「俺……、好きな人と結婚したい……」

周りで聞いていた女の子たちが、わっと色めき立った。年長のエミリが、

「わかったー！　ルーフェン、ヨルのこと好きなんでしょ！」

口もとに手を当てて囃(はや)し立てる。ルーフェンはみるみる真っ赤になった。

「ヨル、きれいだもんね～」

「オメガだから、男でも赤ちゃん産めるよ！」

結婚、という単語に反応した女の子たちは、ヨルネスとルーフェンの体を押して二人を近づけようとする。女の子は恋の話題が大好物だ。

もちろん本気で言っているわけではない。幼心(おさなごころ)の淡い恋が、格好のからかいの対象になっているだけだ。

「やめなさい、みんな。近くにいる年上の人間に憧れるなんて、よくあることです。経験のある人もいるでしょう？」

実際、神殿に来る少年少女の中にも、ヨルネスや年上の男女に興味を抱く者も多い。小さな

世界の中では自然の成り行きだ。

「さあ、今日の勉強はこれでおしまい。明日は歴史を学びます」

はーい、と声を揃えて返事をし、移り気な子どもたちはルーフェンの恋心などすっかり忘れて帰って行った。

「ではルーフェン、ここを片づけたら水を汲みに行きましょう」

ルーフェンの頬にうっすらと赤みが残っているのを、ほほ笑ましい気持ちで見た。彼がヨルネスに懐いているのは知っている。それを恋と勘違いしやすい年齢ということも。

心の発熱のようなもので、少し時間が経てば冷めてしまうものだ。

一緒に井戸から水を汲んでいるときに、ルーフェンがぽつりと言った。

「ヨルのこと好きだよ」

「わたしもあなたのことが好きですよ」

聡いルーフェンは、ヨルネスの言う〝好き〟が恋ではないことをわかっている。ルーフェンが誤解をするとは思わないから、ヨルネスもそういう言い方をした。

ルーフェンはもどかしげに首を振った。

「俺はヨルと結婚したい」

結婚の意味がわかる年齢ではない。ずっと一緒にいたい、という言葉の言い換えに過ぎない。

「さっきなりたいものはって聞かれて、俺答えられなかった。ちっちゃい頃から皇帝になるんだって思ってきたのに、なりたいって思ってなかった。俺、ここでヨルと暮らしちゃいけないの？　皇帝にならなきゃだめ？　ぜんぜん皇帝らしくないのに」

ならねばならぬものと、なりたいものは違う。その疑問を持ったことは、あるいは彼の初めての心の成長かもしれない。

充分な資質を備えていながら、たった一点、アルファの徴が出なかったというだけで後ろ指を指された。しかしもう、その問題も解決している。彼が都に戻る日は遠くない。

「皇帝らしいとはどういうことですか？」

「……いつも堂々として自信を持ち、なにごとにも動じず、誰よりも力強く決して弱音を吐かぬこと」

ルーフェンが言い聞かされてきたことなのだろう。

「素晴らしいですね。そんな方が皇帝だったら、民も安心するでしょう」

ルーフェンは顔を伏せた。

「自分はそうできると思ってたんだ。でも徴が出なくて……、毎日体を見てがっかりされるたびに苦しくなっていって……」

この子は吐き出したがっていると感じた。

だから口を挟まず、ルーフェンがしゃべるのに任せた。

「俺が上手にしゃべれなくなったとき、父上はすごく怒った。弱い、情けないって。周りは困ってひたすら俺の機嫌を取ろうと腫れもの扱い。焦ってもどうにもならなくて、いつも息苦しくて、最後は呼吸もうまくできなくなった」

期待が大きかっただけに、周囲もどう扱っていいかわからなかったのだろう。

ルーフェンの戸惑いも、周囲の期待と落胆もよくわかる。でもそれをこんないたいけな子どもの肩にかけられたのは痛々しい。そのときのルーフェンのそばに行って、抱きしめて安心させてやりたい。

「だからここに来て、特別扱いされなくて嬉しかった。父上以外に呼び捨てにされたのも、ぞうきんで掃除したのも、他の人と同じベッドで寝たのも、同じ歳の子と遊ぶのも、茹でたお芋食べるのも、ぜんぶぜんぶ初めてで楽しかった」

ルーフェンはひと息に言うと、顔を上げてヨルネスを見た。

「俺、ここに来てやっと息ができた気がしたんだ。ここにいたいよ。ヨルといたい」

「ここにいる理由が欲しいから、わたしと結婚したいと思っているのではないですか」

「違う……！」

ルーフェンは泣きそうな顔になった。

ここにいていいと嘘を言うことはできない。彼は都に戻らねばならない。そんなこと、ルーフェンは嫌と言うほど承知している。わかっていてもわがままを言いたいのだ。

やっと子どもらしく振る舞えた彼は、確実に成長している。

「わたしを見てください、ルーフェン」

ルーフェンに向かって両手を広げると、戸惑ったような視線を向けてきた。

「なりたい姿は、ひとつじゃなければいけませんか？　わたしは男性らしい筋肉に憧れます。でも同時に、女性らしいやわらかさにも憧れます。わたしはオメガ男性で、どちらにも当てはまりません。でもこれがわたしらしい姿だと思っています」

中性的で線が細く、けれど決して女性特有の丸みも膨らみもない。

「あなたは皇帝になる運命と定められ、逃れることはできないでしょう。あなたが皇帝である以上、皇帝たるべき姿でなければなりません」

「でも俺は、皇帝らしくない」

周囲の期待に応えようとするあまり、自分の心さえ壊してしまいそうになるほど繊細で。

本当は人恋しくて臆病で、ごく普通の愛と生活を求めている。

「それが本当のあなたである必要がありますか」

「え？」

「あなたは周囲の望む皇帝の姿でなければなりません。皇帝らしく振る舞うことは、あなたの義務です。ですがあなた本人がそうでなければならないでしょうか。仕事としてのあなたと私人としてのあなたを同一にしなければならないとは、わたしは思いませんが」

ルーフェンは胸を衝かれたような顔をした。

「みんなの心にある〝皇帝〟は仕事の顔、仕事を離れたときは、あなたらしい自分でいいのではないかと、わたしは思います」

言うだけなら簡単だ。理想通りにいかないから、人は苦しむ。それでも、自分自身を見失ってしまったこの子が、少しでも自分を取り戻すきっかけになれば。

「俺……、自分自身も皇帝らしくいなきゃいけないと思ってた……」

「本来の自分とならねばならない自分が一致していれば楽なのでしょうけれど。人間ですから、そうとは限らないと思いますよ」

ルーフェンが笑顔と泣き顔が入り混じった表情になる。

「人間、なんだね俺。そうだよ、俺も人間なんだ。皇帝じゃなくって」

ああ、と切なくなった。

この子は人間であるより前に、皇帝の後継者であることを求められてきたのだ。だから皇帝らしくない部分は欠陥でしかなかった。一つの否定はすべての否定。完璧な人間など、この世には存在しないのに。

「皇帝は……、あなたのお父上は、ご趣味などありませんか？」

「父上は、鷹狩りと素潜りが好きなんだ。竜になって湖や滝壺に潜るの」

「鷹狩りは皇帝らしいですが、水に潜るのは面白いご趣味ですね」

「ほんとだ」

ルーフェンが楽しげに笑う。皇帝も人間なのだと、納得したようだ。

「じゃあさ、もし俺が皇帝になっても、ヨルのこと好きでいいよね？」

誰かを想うことは感情を豊かにする。絶対にどうともならないことがわかっているから、淡い想いを否定も肯定もすることはできない。

「人の心を制限することは、誰にもできません」

きっと都へ帰ったらそれどころではなくなる。ますます次期皇帝としての勉学に励み、時間はあっという間に過ぎゆくだろう。もうヨルネスと会うこともない。

けれど幼心の美しい想い出として、この村での生活を覚えていてくれたら嬉しい。叶うことなら、いつか立派な皇帝になった姿を、ひと目見てみたいものだけれど。

（そんな機会はないでしょうね）

彼の人生の中で、ほんの一瞬混じり合っただけのつかの間の夢の世界。それだけの存在。本来なら出会うことはなかった。

ここを離れたら、手をつなぐことはおろか二度と彼の名を呼び捨てにすることも、それどころか姿を拝することさえないに違いない。

「ヨル、それ俺が持つよ。重いから」

嬉しそうにヨルネスの手から水桶を取ったルーフェンが、男の子ぶりたいのだとわかって可愛らしい。

「ではお願いします」

男の子の顔を潰すわけにはいかない。並んで歩き出したとき、神殿からホラーツを先頭に数人の男が出てきた。ルーフェンの足がぴたりと止まる。

「ルーフェン皇子」

あの雪の日に、ルーフェンを連れてきた従者たちだった。

「徴が出たとの報告を受け、お迎えに上がりました。皇帝陛下もあなたさまのお帰りをお待ちでございます」

こうなるのはわかっていた。多分、ルーフェンにも。隣のルーフェンを見ると、彼もヨルネスを見ていた。碧色の瞳に意志が宿っているのを見てどきりとする。

この子は、こんなに大人びた顔をしていただろうか。

「ヨル、今までありがとう」

ルーフェンは水桶を従者の一人に渡すと、「台所に運んでおいて」と命じ、ホラーツの前に進み出た。

「ホラーツ神官、お世話になりました。ご恩は忘れません」

「立派な皇帝になられることで報いてくださると期待しております」

ルーフェンはしっかりと頷き、従者が差し出した旅用の外套を受け取った。

外套を着込み、最後にヨルネスを振り向く。

「……道中、お気をつけて。立派な皇帝になられることをお祈りしています」

ルーフェンは強い瞳でヨルネスを見ると、はっきり言った。

「またね、ヨル」

さようなら、ではなく。

それだけ言うと、従者たちに囲まれてすぐに旅立っていってしまった。たった一杯、最後にお茶を飲むこともなく。

帰りたくないとごねるかもしれないと思った。でも賢い彼に、それは杞憂(きゆう)だった。

またね、なんて、明日も会えるみたいに言って。突然すぎて寂しさを感じる余裕もなかったが、彼らの姿が見えなくなってから、急に胸に風穴が開いたような寂しさが襲ってきた。

たった今までここにいたのに。まるで風が通り過ぎるように消えてしまった。

「ルーフェン……皇子……」

あの温かな体をもう抱きしめられないのだと思ったら、鼻の奥がつんと滲(し)みた。

＊

周囲から見れば時が止まったような村でも、当人にとっては刻々と変化していく。

ヨルネスが十七歳のときにホラーツが亡くなり、ダンが正神官となった。ヨルネスはそのまま神殿に身を寄せながら勉強を続け、二十五歳の誕生日を迎え、先ごろようやく正式に神官の地位を手に入れたところである。

本来なら二十歳から二十二歳頃には神官になる人間が多いものだが、寄宿が原則となる神学校に入れないヨルネスは時間がかかったのだ。数年に一度の割合で町に足を運び、試験と手続きを踏んでようやく認められた。

「おめでとう、ヨルネス神官」

ダンにも村人にも心から祝福され、ヨルネスは神殿の裏手にあるホラーツの墓へも喜びとともに報告しに行った。

「やっと正式に神官になれました。長い間見守ってくださり、ありがとうございます。これからも、どうぞあなたの息子をお守りください」

春を告げる温かい日差しが雪を溶かし始め、墓の近くの雪の下から白い花が顔を覗かせている。

（ルーフェン）

この花を見ると、十年前に数ヶ月だけ一緒に暮らしたあの子を思い出す。彼にもらった花は、押し花にして大事に取ってある。もう色も抜けてしまったけれど。

少し前に翠竜帝が亡くなり、二十歳になったルーフェンが皇帝に即位した。ルーフェンは徴であるうろこの色から金竜帝と呼ばれているが、まだ竜に変容はできていないらしい。通常は十八歳前後で変容できるというから、徴が出るのと同様、ルーフェンはいささか成長が緩やかなのかもしれない。

変容できないルーフェンを即位させるのを渋る声もあったというが、弟もまだ竜に変容できていない上に十三歳と若すぎる。ルーフェンにしても、竜に変容できない以外は皇帝としての資質はずば抜けており、周囲もそれは認めているという。

ルーフェンが若くして政務に携わり、不作の年に備えた食糧で人々の飢えを救ったり、清掃を生業とする人々を多く雇って公衆衛生を改善した結果、都市部で病気が激減したという話もある。

立派に育っていると思うと、ヨルネスも嬉しかった。自分も頑張ろうと、ルーフェンのうわさを聞くたびに思ったものだ。

「コルネス神官」

神殿に戻ると、真面目な顔をしたダンに声をかけられた。話はわかっている。どちらがこの神殿を出て行くかということだ。

村の神殿は小規模なので、正神官は一人が定員である。以前はホラーツが老齢だったために補佐としてダンが派遣されていた。ヨルネスは見習いだったので数には入っていなかったが、このたび神官として昇格したことを受け、どちらかが神殿を出て行かねばならない。何年も前から、出て行くなら自分だと決めていた。ダンには家族があるし、ここに来てから生まれた子も村に馴染んでいる。独り身の自分の方が動きやすい。

町の神殿に行き、登録してある地方の神殿の中から赴任先を探す。できるだけ、なり手の希望者の少ない辺鄙な田舎の村がいい。村人の生活を見守りながら、静かに暮らせれば充分だ。

「わかっています。こちらの神殿にはダン神官がふさわしいと思います。ご心配には及びません。早めに荷物を持って出て行きますから」

荷物といっても、少々の本と着替え、旅の間に必要な食料といくらかの金銭程度である。私物は出る前に処分するつもりだが、こちらもごく少ない。

「私は赤子のときからここで育ったきみが残るのが妥当だと思っていた。しかし……」

ダンは眉を寄せ、二通の封筒を差し出した。一通はダン宛て、もう一通はヨルネス宛てである。見たこともないような上質な雪白の紙で、封蝋には竜の意匠の刻印が押されていた。竜の意匠は皇家の印である。しかも使われている蝋は金色で、現皇帝である金竜帝からの封書であることを表していた。

「これは……」

金竜帝といえば、ルーフェンのことでしかない。どう見ても公的な文書である。一体なにが起こったのだ……？

「隣の部屋にこれを持って来た使者どのがいらっしゃる。すぐに中を確認するようにと」

ダンの方は開封済みである。すでに文面を確認したのだろう。緊張で汗ばみ始めた指で封筒を受け取り、ペーパーナイフで封を開く。

おそるおそる手紙を開き、文面を追って目を見開いた。

手紙には、ヨルネスを金竜帝の妃(きさき)として後宮に召し上げる旨(むね)が記されていた。しかも皇帝直筆と思われる署名入りである。つまりこれは皇帝直々(じきじき)の命令なのだ。

ダンを見ると、手紙を開いてヨルネスに見せてきた。ダンの方にも皇帝の署名が入っていて、正式な書類であることは間違いない。

「私には、このままこの神殿の神官として留まるようにと」

都の大神殿ならともかく、一介の村の神官の辞令ごときに皇帝の命が出ることなどない。ヨルネスがここを出やすいようにするためだろう。

そこまでして、なぜ自分が皇帝から求められるのか。しかも妃として？

信じられず、心臓がばくばくしている。

「家庭教師や城つきの神官としてならまだしも、妃なんて……」

困惑して、何度も手紙の文面を眺めた。しかし当然だが、文面は変わらない。勅命(ちょくめい)である以上、ヨルネスに断るという選択肢などないが。

皇帝の後宮には何人もの妃がいるのが常である。その中で、長子を産んだ妃が正妃になるのだ。金竜帝にはまだ子がいない。だが後宮に入る女性は、出産に適した十代半ばから遅くとも二十歳くらいまで。まさか適齢期を過ぎた男性オメガに子を生せとは言わないだろうが、だとすれば純粋に愛妃として囲われることになる。

いくら金竜帝が二十歳の男性と知っていても、自分の記憶には十歳のルーフェンしかいない。あのルーフェンの妃になる？　自分が？

ルーフェンの面影が心をよぎり、混乱で頭がどうかするかと思った。

「どうして……。なんで、こんなことが……」

「とにかく、使者どのと面会を」

実感が湧かず、雲の上でも歩くような足取りでふらふらと隣の部屋に入っていった。

隣室で椅子にもかけずに待っていた使者が、ヨルネスを見るなり床に片膝をついて拝礼した。

「ヨルネスさま。皇帝陛下の命により、お迎えに上がりました。のちほど馬車が参りますが、お心の準備があろうかとわたくしがひと足先にお伝えに上がった次第です。旅支度はすべてこちらでご用意してございますので、身ひとつでお越しくださいませ」

「そんな、急に……」

村の人々と別れを惜しむ時間もないなんて。

使者は顔を上げ、鋭い視線でヨルネスを見た。

「必ずお連れするようにとの命でございますゆえ」

逃げられては困るから時間は与えない、ということか。それが金竜帝の命令なのか、皇帝に従う従者たちの判断なのかわかりかねるが、あまりなやり方に腹が立ってきた。

「わたしは逃げも隠れもいたしません。皇帝陛下の命とあらば、どうして逆らえるはずがございましょう。しかしながら、わたしにもここで育ってきた二十五年間があります。せめて一日、お世話になった方々にご挨拶する時間をくださいませ。それとも金竜帝はそんなこともお許しにならない不寛容なお方でしょうか。だとしたら、喜んでお仕えすることはできかねます」

皇帝を否定するなど、首を刎ねられてもおかしくない不敬である。だが自分は間違ったことを言ったとは思わない。

使者は探るようにヨルネスの瞳を見ていたが、やがてゆっくりと瞬いた。

「いいでしょう。では出立は明日。ですが、わたくしもお供させていただきます。もしあなたさまの身になにかありましたら、この村ごと責めを負うことをお忘れなく」

「わかりました」

姿をくらますことはおろか、突然体調を崩したり怪我をしたりして出立を遅らせるのも許されない。村を人質に取られたようなものだ。

ヨルネスは後ろを振り向くと、心配そうな顔で部屋の入り口に立っていたダンにほほ笑みかけた。

「突然のことで、ダン神官にもご迷惑をおかけします。わたしの持ちものは教典一冊だけですので、私物の処分をお任せしてもいいでしょうか」

ダンがうなずいたのを確認して、早速村へ行くために外套を羽織る。使者は素早く立ち上がった。

「わたくしが馬でお連れしましょう」

歩いても構わないが、どうせついてこられるなら馬の方が速い。

「お願いします」

使者の乗ってきた馬に一緒にまたがり、すぐに村に向かって走り出した。

明日でこの村とお別れなのだと思っても、使者の腰に腕を回していても、現実味がなく不思議な気分だった。

ルーフェンに会える期待と、金竜帝という知らない男に召し上げられる戸惑いと、おそらく永遠の別れとなるこの村のことがすべて他人事のようだ。

明日は子どもたちに芋を茹でてあげるつもりだったと、ぼんやりと思った。

3.

いちばん近くの小さな町まで徒歩で丸一日、神官試験の行われる町まで四日。それ以上遠くへ行ったことのないヨルネスには、馬車で二十日間はとても長い旅だった。

都とはこんなに巨大なものなのか。世界が違う。

どこまでも続くかと思われる大きな市場も、神殿より高い建物も、異国の衣装に身を包んだ商人も、初めて見るものばかりで圧倒された。

しかしそんな別世界の人々にとっても、ものものしい警備のついた豪華な装飾を施した皇家の馬車は、どんな貴人が乗っているのかと目を引くものらしい。まさか田舎から連れて来られた男性オメガだとは誰も思うまい。しかも妃としてだなんて。

道中、警護の騎士たちはうやうやしい口調を崩さなかったものの、決して親密とは言いがたい空気を出していた。

それはそうだろう。彼らにしても、なぜヨルネスのような年のいった男性オメガが妃にと不審に思うのも当然だ。ヨルネス自身そう思っているのだから。

だが毎夜きちんとした宿で豪勢な食事と風呂と着替えまで与えられ、皇族同等の扱いを受けた。それだけ金竜帝の威光は強いということである。おかげで旅の疲れといっても、徒歩のときの比ではないほど軽い。

城の敷地に入ってからもあちこちに館があり、貴族や妃が住んでいるのだろうと思われた。

やっと城にたどり着いたときは、あまりの荘厳さに目眩がした。

竜となった皇帝が出入りするのを誇示するためか、城は見上げるような巨大な岩山をくり抜いて作られていた。あちこちに階段やテラスが見える。

「こちらでお待ちください」

豪華な調度を置いた部屋に通され、酒や果物が運ばれた。

「ありがとうございます。わたしは神職ですので、お酒は嗜みません。お水をいただけたらありがたいのですが」

侍女はすぐに香りのよいお茶を運んできた。異国的な香りのする、とても高級なお茶だ。茶器も繊細で素晴らしい。

なにからなにまで特別扱いで、贅沢に縁のなかった自分には戸惑うことばかりだ。

神殿から持って来たのは、ルーフェンからもらった花が最終ページに挟んである教典一冊だけ。心を落ち着かせるために、教典を開いて花を見つめた。これをくれたときのルーフェンを思い出す。

「ヴェルナー宰相がお越しでございます」

ヨルネスは教典を脇に置くと、立ち上がって頭を下げて待つ。

やがて誰かが入ってきた気配がし、わずかにかすれた重い声がかかった。

「どうぞお顔をお上げください」

促されて頭を上げると、いかめしい顔をした初老の男がヨルネスを見ていた。いかにも重鎮といった様子の、豪奢（ごうしゃ）な飾りのついた白い服を着ている。宰相が左手を挙げると、侍女たちは音もなく部屋を去った。人払いをしたらしい。

「さて、ヨルネスさま。遠いところをはるばるお越しくださりありがとうございます」

手で着座を勧められ、さきほどまで座っていた椅子に浅く腰かける。

テーブルを挟んでヨルネスの向かいに腰かけた宰相は、値踏みするような視線を向けてきた。

「陛下とは、十年前に静養に訪れた地でお世話いただいたご関係という認識でよろしいかな」

「はい」

それ以上でも以下でもない。

「そのときになにか約束をされましたか？」

「思い当たりません」

好きでいていいかとは聞かれたが、なんらかの約束をしたわけではない。しかも十歳の子どもの淡い思いが年月を経てなお心に残るなど、誰が想像するだろう。

「ふむ……、あなたをお迎えに行かせた者から聞いた限り、実につつましく真面目に暮らしていらっしゃる。村人からの信頼も篤（あつ）いようだ」

ヨルネスが村人に挨拶して回っていたときについてきた使者は、常に観察している様子だった。彼が先に宰相に報告したのだろう。浮ついた人物と判断されなかったのはありがたいが。

「失礼ながら、二十五歳とのことですが、とてもそうは見えませんな」

「わたしはオメガですから」

オメガは全体的に年齢より若く見えることが多い。ヨルネスも、年齢を言わなければおそらく二十歳を超えているように見られないだろう。

「そうでしたな。しかし、陛下にも困ったものです。正妃はヨルネスさま以外は考えられぬとおっしゃって、他に妃を娶ろうとしないのです」

「まさか……」

子を産めと？　適齢期も過ぎた男性オメガに。

宰相は身を乗り出して、心の中を覗き込むようにヨルネスの目を見た。

「杞憂とは存じますが、妙な野心をお持ちではないでしょうな？」

「ありません！」

むしろ、もう自分は結婚することもなく生涯独身なのだろうと思っていた。発情期も常に薬で抑え、ルーフェンのアルファの気に中てられて初病を起こしたきりである。薬のせいか性的欲求もなく、自慰すらしたことがない。

宰相は深く息をつきながら、額に手を当てた。

「まあ、そうでしょう。あなたが魔術師か稀代の催眠術師でもない限り、十年も続く恋の魔術をかけることなど叶わぬでしょうから」

「きっと想い出を美化されているだけだと思われます。わたしを見たら、ご自分の勘違いに気づかれるのではないでしょうか」

宰相は初めて、苦々しげながらも笑みを浮かべた。

「それはどうか……。今現在は野の花のようでありますが、磨いて化粧をすれば、薔薇にも劣らぬ美貌となるでしょう」

「そのようなこと……」

オメガは整った容姿の者が多いと言われるが、伸ばして結んだだけの黒髪は手入れもしていないし、化粧などしたこともない。この城の侍女の方が自分などよりよほど美しい。

「しかし、まあ、あなたを呼び寄せたことで陛下もご満足でしょう。おわかりとは思うが、後宮に置く数多の妃ならともかく、正妃に平民が……、ましてや男性がなった例はありません」

正妃は皇族貴族の令嬢から、もしくは他国との絆を強めるための政略結婚が慣例である。

「陛下が落ち着かれる頃合いを見計らって他の妃も娶るよう進言するつもりですので、陛下があまりあなたにご執心されぬよう、節度をお持ちください」

溺れるな、うぬぼれるな、と。

それでも後宮に入ることは拒めぬのだと思うと、自分が道具になったようで虚しくなる。せめて話し相手として召し抱えられるのであれば、喜んで仕えられるのに。

「心得ております」

妃など、なんの戯れ事かといまだに現実感がない。

だがヨルネスがどんなに断っても抵抗しても、それが皇帝の意向である以上、平民に従わないという選択肢などないことはわかりきっている。粛々と命に従い、飽きられるのを待つしかないのだ。

「賢い方のようで安心しましたぞ。さすが、もと副神官長を務めたホラーツどのの養い子だ」

「え」

副神官長といえば、都の大神殿の神官長に次ぐ、この国の神官の中で二番目に高い位である。

「ご存じなかったのですかな。ホラーツ神官は五十を過ぎる頃、自分の故郷に帰りたいと都を去られたのですよ。翠竜帝の先代の紫竜帝の頃から皇家の信頼の篤い人物でした」

知らなかった。

どうりで、皇子であったルーフェンの静養先に、あんな辺鄙な土地が選ばれたわけだ。ホラーツへの信頼があったからだったのだ。

「おかげさまで、皇子はわずか数ヶ月の静養で回復なさいました。徴も出て、精神的にも一回り成長され、どんな魔術を使ったのかと城では評判でした」

なにも特別なことはしていない。ただ他の子と同じように扱っただけだ。規則正しい生活と勉強と仕事と遊び、そしてそうして欲しいときにはぎゅっと抱きしめたり手をつないだりして触れ合った。

けれどあのときのルーフェンにはそんな当たり前のことが必要だった。それをホラーツはわかっていた。ヨルネスにならば任せて大丈夫と思ってもらえたことは、今考えても嬉しい。

しかし思いのほか、ルーフェンの心にヨルネスの面影が残ってしまったのは、ホラーツにしても誤算だったであろう。

「そうだ、これを渡しておかねば」

宰相は懐に忍ばせてあった袋を取り出すと、ヨルネスに手渡した。

「これは？」

「発情抑制薬でございます。発情期はどうしても身ごもりやすいものですゆえ。陛下には内密でご服用ください。これまでお使いになったことはございますか」

宰相にしてみれば、平民の男性オメガに長子を産まれては困るのだ。体だけ与えろと言われるのは業腹だが、彼の立場なら仕方がないと、ぐっと怒りを飲み込んだ。

オメガの自分を卑下しているわけではない。養父ホラーツは、オメガ性を恥ずかしく思う必要はないと教えてくれた。ヨルネスもそれを誇っている。だが客観的に見て、正妃にふさわしい身分でないことはわかっているし、自分も子を欲しいと思っていない。

「ずっと使っておりました。初病以来、発情期を迎えたことはございません」

男性オメガにその機能があるとはいえ、身ごもる確率は女性よりかなり低い。それでも、発情期には種がつきやすくなる。子を授かるための発情期なのだから当然だが。

つまり男性オメガが子を作りたくなければ、薬を飲んで発情期を抑制しておけばいいのだ。きっとルーフェンはヨルネスの発情期を取り戻すため、薬を与えないだろう。見つかれば取り上げられる。

ヨルネスが薬を懐にしまったのを見て、宰相はうなずいた。

「さて、あなたが到着したと知れば、陛下はすぐにでも飛んでこられるでしょうな。政務を放り出されては敵わぬので、夜になったらお知らせいたします。それまで部屋でお寛ぎくださ
い」

いくら徒歩より疲れていないとはいえ、二十日間に渡る馬車での移動で体の節々が痛む。休ませてもらえるのはありがたい。

宰相が出て行ってから、侍女にヨルネスの私室になるという場所に案内された。私室と聞いてヨルネスが想像していたのとはまったく違っていて、戸惑いを隠せなかった。

部屋がいくつにも分かれていて、サロンでも開くのかと思うような広い応接室あり、泳げるほどの大きさの水風呂が床にくり抜かれた風呂場あり、十人で眠れそうな天蓋つきの大きなベッドを備えた寝室あり、ぎっしりと本が詰まった書斎ありといった具合である。

この空間を、ヨルネスのためだけに？

数人の侍女が「失礼いたします」と言ってヨルネスの服に手をかける。

「あの……」

困惑して体を引くと、侍女は静かに頭を垂れた。

「ヨルネスさまの身支度を整えるよう申しつかっております。湯浴みとお着替えをお手伝いいたします。お着替えがお済みになりましたら、化粧と髪結いを」

美しく髪を結い上げることは自分ではできないが、湯浴みや着替えは手伝ってもらう必要はない。

「湯浴みは自分でできます。人に肌を見せる習慣がありません。一人にしていただけないでしょうか。服を着たらお呼びします」

「焼けた石もあって危険ですので」

風呂場の奥を見ると、木の扉のついた小部屋があった。ヨルネスのいた神殿にあったのと同じ、蒸気を発生させて汗を流す方式だろう。

「使い方はわかっております」

「決して目を離さぬようにとのご命令です。なにとぞご容赦を」

城の人間にしてみれば、ヨルネスは金竜帝の妃として連れてこられた人間。万一のことがあったら首が飛ぶかもしれないのだから、慎重になるのは仕方がない。彼女たちも自分の仕事をしているだけなのだ。困らせたくはない。

「わかりました。ですが、湯浴みの手伝いは無用に願います」

神殿に勉強をしに来る子どもたちと風呂に入るとき以外、ヨルネスが人前で裸になったことはない。しかも成人女性の前でなど。

服を脱ぐと、羞恥に駆られた。

侍女たちは慣れているのか、ヨルネスの裸を見ても眉ひとつ動かさないのはありがたかった。なんでもない顔をしてタオルで腰回りを隠し、侍女を伴って小部屋に向かう。扉を開けると、熱い空気がむわっと体を包んだ。

「はぁ……」

雪解けの季節とはいえ、まだ外気は冷たい。焼けた石に水をかけて上がった、熱い水蒸気を浴びて汗をかくのは気持ちよかった。

小部屋から出ると、冷たいお茶を手渡された。礼を言ってありがたく受け取り、ひと息に飲み干してから水風呂に体を沈めた。

（気持ちいい）

目を閉じて水に体を預け、火照った体を冷やしてから髪を洗う。地肌に香油をつけ、櫛で丁寧に梳いて汚れを落とした。

すっかりきれいになると、用意されていたやわらかな絹の服を纏う。羽のような手触りの極上の絹は、薄くて肌が透けてしまっている。

恥ずかしかったが、ここではこれが普通なのだろうと思って我慢した。髪を結われ、白粉(おしろい)をはたかれて唇や目尻に紅(べに)を塗られる。年のいった男性オメガが化粧など滑稽だと思うと、逃げ出したくなった。

侍女が筆を置くと、ほう……、というため息が周囲から上がった。

「大変お美しゅうございます」

信じられない。鏡を見せられたが、やはり自分の目には不似合いに華美な化粧にしか見えなかった。

それから椅子にかけたまま何人もの侍女に丹念に脚や腕、肩などを揉まれ、体をほぐされた。体の心地よさとは裏腹に、着々と妃としての準備が整っていくのを感じて、落ち着かなくなってくる。

性交がどのようなことをするのか、書物から得られた知識だけはある。だが自分は男性の体を持っているとはいえ、自慰の経験もない。起床時や疲れたときに陰茎が張ることはあるが、それで快楽を得たこともない。十年も前に初病で体が疼いただけである。

(男性器を、受け入れる……)

挿入し、射精する。字面(じづら)で追えば単純な行為。けれどそれを自分がされると思うと、想像が追いつかなかった。

悶々(もんもん)と時間を過ごし、夕餉(ゆうげ)ものどを通らず、旅の疲れで体が重くなってきたとき、部屋の外から別の侍女が入ってきてヨルネスの前に膝をついた。

「皇帝陛下のお越しでございます」

一気に緊張し、立ち上がって姿勢を正した。

あらかじめ命じられていたのか、侍女たちは一人残らず部屋を出て行ってしまった。

静かな室内に、どっどっどっ……、と自分の心臓の音がこだましている気がする。部屋の入り口のドレープカーテンの向こうに男の足が見えた瞬間、ひゅっと息を呑んだ。

(ルーフェン……?)

どう見ても大人の男の足。当たり前だ、ルーフェンはもう二十歳の立派な大人だ。でも……、でも……、頭が追いつかない！

「ヨル」

高い少年の声とはまったく違う、重い大人の声。カーテンを開けて現れた男の姿に、目を瞠(みは)った。

部屋に入ってくるなり存在感に圧倒されそうになる長身。長衣(ちょうい)を着ていても筋骨たくましい体つきであることが容易に知れる。少年の頃の面影をすっかり打ち消すような男らしい鼻筋から唇、顎の線。前髪を上げて理知的な額が見えているせいで、そこだけは変わらない碧色の瞳がはっきりとヨルネスを捉(とら)えた。

「ヨル、会いたかった！」

今や金竜帝となったルーフェンは喜色に顔を輝かせ、大股で歩いてくるとヨルネスを力強く抱きしめた。

「ヨル……、ヨル、どれほどこの日を待ちわびたか……！　ああ、あなたはこんなに華奢だったのか？　俺が小さかっただけか。あの頃のあなたは、とても大人に見えていたのに」

そしてヨルネスを抱いたまま、うっとりとした瞳で顔を覗き込みながら頬を撫でた。

「化粧なんていらなかったのに。でも俺のために装ってくれたのだな。嬉しい、ヨル。あなたはちっとも変わらない。なんて美しい……」

大きく硬い体を持つこの男性は、知らない人間のようだ。自分の記憶の中のルーフェンと重ならなくて、恐怖すら感じる。

「離して……ください……、陛下……」

鉄の板のような厚い胸を押しても、びくともしない。ルーフェンは悲しげに眉を寄せた。

「ルーフェンと呼んでくれ」

「できかねます。今のあなたさまは皇帝陛下、金竜帝でございます。あのときとは状況が違います」

「あなたは俺の妻になる人間だ」

妻とは正妃を指す言葉である。公の場で皇帝の隣に立つことのできる唯一の妃。その他大勢の妃とは別格の存在だ。ヨルネスの意思を無視してルーフェンの中では確定事項なのかと思うと、苛立ちが心を波立たせた。

「勝手に決められても困ります」

そう言うと、ルーフェンは碧い瞳を見開いた。

「そのつもりでここへ来てくれたのではないのか？」

「一介の神官が、皇帝の命に逆らうことができましょうか。あなたさまはわたしを権力でここへ呼び寄せたに過ぎません」

ルーフェンは両手でヨルネスの上腕をつかむと、真剣な表情で瞳を覗き込んできた。

「あなたを好きでいていいと言ってくれたろう？」

「人の心を制限することは誰にもできないと言っただけです」

はっきりと覚えている。

幼い恋心を否定することも肯定することもできなかった。心が自由なのは真実だ。身分も性別も関係ない。ただ、時が忘れさせてくれると考えたのは浅はかだった。

ルーフェンは奥歯を噛みしめるような表情をすると、ぐっと眉を寄せた。

「この十年、あなたを妻に迎えることを目標に頑張ってきた。あなたも俺を待っていたから、独身を通していたんじゃないのか」

「機会がなかっただけです」

年頃になったヨルネスに、誘いや見合い話がなかったわけではない。だがヨルネスにとって村人はみな等しく愛おしく、若い男女であっても性愛の情は抱けなかった。

「では運命だ。あなたは俺の妻になる運命だった」

情熱的な言葉と強い眼差しに、心臓が跳ねた。

「……今まで手紙の一通もなく、突然そんなことを言われても」

「あなたへの手紙は父上に禁じられた。そうすれば俺があなたを忘れて諦めると思ったのだろうな。とんでもない。伝えられぬ想いはいっそう強く俺の心を焦がした」

碧い炎が燃えるような瞳とうっすら笑った口もとが、ルーフェンの長い執念を表しているようでぞくりとした。

「毎夜あなたに焦がれて焦がれて……、夢で何度も口づけた。いつかあなたを迎えに行くと、それを支えに誰からも文句を言われぬ皇帝となるべく力をつけてきたのだ。やっと……、やっとあなたを手に入れられる、ヨル……！」

「あ……！」

ぐいと腕を引かれ、赤子のように軽々と抱き上げられる。すぐに大きなベッドの上に下ろされ、上から覆い被さられた。むしゃぶりつくように首筋に口づけられ、大きな体の下で暴れた。

「や……、待って……、待ってください……！」

こんな急に！

ルーフェンはヨルネスの鎖骨に歯を立てながら、暴れる体を押さえつけるように薄衣の下に手を差し入れて肩をベッドに押しつけた。

「待てない。そんな閨衣と夜化粧で同意を示しておきながら、今さら拒むのか！」

「これは……、んっ、んぅ……っ！」

自分の意思で選んだ衣装ではないと言いたかったが、激しく口づけられて言葉を封じられた。厚い舌が口腔を蹂躙する感覚に頭が熱く曇る。

濡れた生きもののような塊が縦横無尽にヨルネスの口内を動き回る。舌同士をすり合わされれば唾液が溢れ、混じり合って口端から零れた。

歯列に沿って舌先で撫でられる初めての感触に腰が痺れる。拒絶しようと閉じた唇を噛まれれば小鳥のように震えてまた開いてしまい、好き放題に舐めつくされた。

「は……、ああ……」

呼吸が満足にできずに頭がぼうっとして、いつ唇が離れたのかわからなかった。

なんでこんなことをされるのだろう。口づけとは、唇を触れ合わせるだけの行為ではないのか。少なくとも、自分の見たことのある口づけはそうだった。結婚の誓いにしても、酔った恋人同士が人前で戯れるにしても。それともルーフェンだけの特別な趣味なのか。

涙の滲むとろりとした目でルーフェンを見上げると、半開きになった唇を親指の腹で拭われた。

「きれいだ……、ヨル……」

いつのまにかはだけられていた胸に、ルーフェンの唇が吸いつく。

「ふぁ……、あ、あ……」

右の胸芽を唇で覆われ、舌で弾かれてびくりと体を揺らす。

そのまま赤子が母の乳を吸うようにじゅっじゅっと音を立てて吸い上げられ、弓なりに反らせた背をベッドから浮かせながら身悶えた。

「あなたの肌は、とても甘い」

舌の腹で下からべろりと乳首を舐め上げながら言われ、むず痒い感覚と羞恥に下唇を噛んで横を向いた。

抵抗などできようはずもない。ヨルネスは体を与えるために連れてこられた。納得はしていないが、自分でもそれを承知している。ルーフェンが満足して終わるまで待つしかない。

ルーフェンの手で閨衣を開かれ、ヨルネスの肢体が露わになる。羞恥に思わず目を閉じた。

けれど視界を塞げば十歳のルーフェンの顔がまぶたの裏にちらつく。

あの子と……、あの無邪気な子とこんなことをしている――。

子どもと不埒なことをしているような罪悪感で胸が潰れそうで、閉じていられずに目を開いた。嫌でもルーフェンの姿が飛び込んでくる。大人の彼と子ども時代が噛み合わず、頭がついていかない。

「あなたの肌はまるで新雪のようだ。どこもかしこも淡い色をして……」

言いながら、吸われたせいでうっすら色づいて屹立した乳首を指で撫でる。二本の指で粒を際立たせるようにつまんで引っ張られ、ちくんとした甘い痛みに腰が勝手によじれた。

「感じてくれているのか、ヨル。嬉しい」

感じている？

わからない。刺激を受けたのは胸なのに、なぜか陰茎がむずむずするような……、これが感じるという感覚なのか。

ルーフェンは引き寄せられるように再びヨルネスの胸に唇を寄せる。

「ヨル」

「ああ……」

ルーフェンの舌が複雑に動いて、まるでそれに味がついているように小さな粒を余すところなく味わっている。

どうして早く挿入と射精をしない？　なぜこんなに体を弄るんだろう。性交するつもりなら早くそうすればいいのに、ヨルネスが抵抗したことに腹を立てて、罰を与えるために辱めているのか。

反対の胸を大きな手のひらで包まれ、膨らみもないのに揉まれた。右の乳首ばかり執拗に弄られて、放置されていた左が待ち構えてでもいたかのように、指でつままれただけで鮮烈な刺激に腰が跳ねた。

「あああ……っ！」

思わず自分にのしかかるたくましい肩を押し返そうとしたが、ヨルネスの反応に興奮したのか、舌遣いが一段と激しくなる。

「やあ……っ、だめ、やめて……！　へん……、変なんです、体が………！」

陰茎がずくずくと甘く痛んで、触れたくなってくる。胸が切なく疼いて、悲しくもないのに泣きたくなってきた。

「変じゃない。感じているだけだ。初めてなんだろう？　こうして男に体に触れられるのは」

男性にも女性にも、こんな触れられ方はしたことがない。

「初めてだと言って、ヨル」

乳首に軽く歯を立てられ、たまらず小さな悲鳴を上げた。

「は、初めて……、です……！　こんな……！」

ルーフェンは満足げに、また口全体で乳首を覆うと、じゅうと吸い上げてきた。胸の奥から切なさが一緒に吸い上げられるようで、勝手に吐息が零れる。

ルーフェンは体温の高い手のひらでヨルネスの脇腹をなぞりながら、唇を下へ這わせていった。やっと解放された乳首がぬめぬめと赤く光っていて怖い。この小さな器官は、こんなに色が変わって勃ち上がるものなのか。醜い。怖い。

唇が下へ下へと移動していき――。

「⁉　なにをするのですか！」

ルーフェンの唇が陰茎に触れそうになり、無礼にも思わず髪をつかんで頭を引きはがそうとした。ルーフェンは薄く笑いながら、逆にヨルネスの手を取って指先を咥える。

「あ……」

ぬるりとした舌がヨルネスの指を舐めた。ルーフェンはヨルネスと視線を絡めながら、唇をすぼめて指を吸引しながら出し入れする。舌が指の側面を往復すれば、ぞわぞわするような奇妙な疼きが腰に広がる。

ルーフェンの視線が熱い。ヨルネスの反応を確かめながら、見せつけるように口を開いて舌を動かした。

「陛下……、あっ……！」

叱るように指を甘噛みされ、びくりと体をすくめた。

「ルーフェンと呼べ」

命令されて、視線を逸らした。そんな恋人のような真似はできない。

「強情だな……。そんなところもあなたらしくて好ましいが」

かすかに笑ったルーフェンの息が下腹にかかったかと思うと、ぬらりとした感触が肉の茎の側面を伝った。

「ひゃ……！」

思わず上半身が跳ね、視界に入った信じられない光景に愕然とする。

ルーフェンがヨルネスの陰茎を咥えている！

「やめてください！」

そんなところ、口をつけるものではない！

ルーフェンの手から逃れようとしたが、開かされた脚をしっかりつかんで固定されていて叶わない。

さきほど指にしたのと同じように、吸引しながら唇で肉茎を扱かれると力が抜けた。後ろ手で体を支えようとしても、力が入らずまたベッドに沈んでしまう。

「やあ……、あああ……」

自慰すらも知らない体に、その刺激は鮮烈すぎた。頭の中まで白い光が瞬くような、強烈な刺激。陰茎のつけ根から尿意に似た、けれど明らかに違うなにかが駆け上がってくる。茎と先端を舌でぬらぬらとこすられれば、痛みと甘さの混じり合った責め苦に涙を散らした。

「いや……、いや……、ああ、あ……、だめ、やめて……、あああぁぁぁ――――……っ！」

激しい衝動に駆られ、体奥から湧きあがったものを腰を浮かせてルーフェンの口腔に放つ。

視界も頭の中もぐらぐらと回り、一瞬気を失ったかと思った。

「は……」

脱力感がひどい。薄く開いていたまぶたを閉じると、溜まっていた涙が目じりからこめかみにツッと流れた。まるで全速力で走ったときのように心臓がどくどくと鳴って息が上がる。

なにが起こったのかわからなかった。我慢していた小水を一気に出したかのような……。

そこまで思ってハッとした。

（皇帝の口に出してしまった……！）

まさか排泄物を⁉

一気に蒼白になったヨルネスの顔の横に手をつき、ルーフェンは満足げに口もとを手の甲でぬぐった。

「濃厚だった」

「……っ！　申し訳ございません……！」

信じられない、まさか皇帝の口中に粗相をしてしまうなんて。しかもそれを飲んだ？

恐ろしさに、体が震えだす。

怒るどころか、ルーフェンはうっとりとした目でヨルネスの顔を覗き込んだ。

「あなたが俺に感じてくれたなら嬉しい。自慰と比べてどうだった？　あなたが悦ぶなら何度でもしてあげたい」

ルーフェンの言葉で、自分が排尿でなく射精をしたのだとわかった。

呆然として、操られるように口から言葉が出てしまう。

「わかり……ません……、自分で、したことが……、ないから………」

ルーフェンの顔が太陽のように輝いた。

「本当に？　ああ、信じられない！　あなたはなんて無垢なんだ。可愛い……、可愛くてたまらない……。初めてなんだな、口づけも、快楽を知るのも……」

ヨルネスをかき抱いて、愛しげに頬ずりをした。ルーフェンの喜びとは裏腹に、ヨルネスの体が震える。

「どうして……、こんなこと……。子作りとは……、性交とは、男性器を挿入して射精するものではないのですか？」

本にはそう書いてあった。ヨルネスへの罰でないとするならば、舌を絡ませるあの口づけ同様、これはルーフェンだけの倒錯した趣味ではないのか。

「愛する人には口づけて、愛撫して、可愛がるものだ。可愛い人だ。あの頃は教えてもらうばかりだったけれど、今度は俺があなたに教えてあげよう」

「あんな……、異常な行為も、当たり前だというのですか……？」

ルーフェンはぎゅっとヨルネスを抱きしめた。

「口淫という。手淫とは違うよさだったろう？　ああ、あなたは手淫の経験もないのだったな。精を零すのは眠っているときくらいだったか？　これからは気持ちのいいことをたくさん教えてあげたい」

知らない。本で読んだ子作りにはそんなことは書いていなかった。

本では得られない知識があると知っているくせに、閨ごとでは幼児同然に惑乱している自分が情けない。せめて毅然と振る舞うつもりだったのに。

「怖がらないで。あなたにしてくれとは言わないから。全部俺がしてあげる。あなたはただ感じていてくれればいい」

「感じて……、なんか……」

あれが快楽なんて信じたくない。あんな、目の前も頭も真っ白になって、腰が崩れてしまいそうな――。

ルーフェンは色気を纏わせた笑みを浮かべると、ヨルネスの脚の間を探った。

「あ……！」

ぬるっ、とルーフェンの指が滑る。

そのまま後孔の肉襞をこすられると、甘い香りが立ち上った。

「なに……」

「あなたが感じている証だ。知っているだろう、オメガが誘惑香を持つ蜜液を滴らせるのを」

愕然とした。感じている？

知識にないことばかりされて、怖くて混乱するだけなのに、体が自分を裏切る。

「ほら、こんなに」

指で肉襞に塗り広げられると、ぬちゅぬちゅと卑猥な水音と心を痺れさせるような甘い香りが立った。音でも匂いでも感触でも自覚させられて、羞恥で涙が滲んだ。ルーフェンの腕に爪を食い込ませ、頭を振って身をよじる。

「や……、や……、いやです、さわらないで……」

「これから触るよりもっと深いことをするのに？」

指先を肉環に潜り込まされ、驚きと異物感で思わず体に力が入った。

「ひ……」

「あまり締めつけないで。傷をつけたくない」

そんなことを言われても、勝手に収縮してしまう。そこに男性を受け入れるという現実が迫ってきて、余計体がこわばった。

「仕方がない」

ルーフェンはどこか嬉しそうに言うと、軽々とヨルネスの体を裏返した。

「え」

腰を抱えられ、うつ伏せから尻だけを浮かせる姿勢を取らされる。まさかと思う間もなく双丘に手がかかり、中心の肉襞にぬるりとした感触が襲いかかった。

「いや……っ！」

驚愕して叫び声を上げた。

両手で尻の肉を割り開くように左右に引かれて晒された肉孔を、生温かい滑らかさが往復する。舌よりも自分のそこがぬるぬるなのがわかって、羞恥で肌が染まった。

「甘い……。あなたの味と香りは想像以上だ」

「やめて……っ、やめてください！　獣の行いです……！」

「あなたと番えるなら、獣になってもいい」

尖らせた舌が肉の輪をくぐって犯してくる。

「ああ……っ！」

あまりに背徳的な快楽に、体の力が抜けた。

嫌なのに、消えてなくなってしまいたいほど恥ずかしいのに、体の内側を舐められる感触が甘美すぎて抵抗できるほど力が入らない。

ルーフェンは可能な限り奥まで舌を挿し込んでは、ぎりぎりまで抜くのを繰り返す。だんだん抽挿が滑らかになっていき、襞が馴染んでいくのがわかる。

挿し入れた舌を肉壁を味わうように回されて、体奥からなにかが湧きあがってきた。

「あう……、は……、ぁ、ぁ、ぁ、そん、な……、ああ………」

「こんなに美味な蜜は初めてだ。あとからあとから溢れてきて……。やっぱりあなたは、俺のために生まれてきたんだ……」

ヨルネスの蜜液をすするたびに舌遣いが激しくなり、ルーフェンの興奮が高まっていくのがわかる。ルーフェンの昂ぶりに合わせて、ヨルネスの体温も上がっていく。腰奥がずくずくと甘く熟んで、そこに触れられたくてたまらない。

「ずっと味わっていたいけれど……、早くあなたとつながりたい」

「あ……っ！」

舌が抜かれ、代わりに長い指が押し入ってきた。

「もうこんなにやわらかい」

ぬくぬくと指を動かされ、舌とは違う硬さに新たな快感が芽生える。

「あ……、あ……」

指のつけ根まで挿入され、舌では届かなかった部分を撫でられると、びくんと腰が跳ねた。

「あああっ……！」

虫にでも刺されたかと思うほど、体の内側が腫れているのがわかる。

その膨らみを撫でられると、腰が抜けるほどの快楽に襲われて腿ががくがくと揺れた。

「なんで……っ」

「一本より、二本の方がもっと気持ちよくしてあげられる」

襞を広げる圧迫感が増して、二本めの指が忍び入ってくる。

「んあ……、ああ……」

「ほら、こんなに柔軟に俺の指を受け入れる。たくさん舌でほぐしたから、痛くないだろう？」

痛みというより、肉襞が熱くて焼けつきそうだ。

そんなところを広げられるのは辛いのに、苦しくて涙が零れるほどなのに、肉襞自身がもっと熱くなりたがっている。

「あなたの感じる声を聞かせて、ヨル」

「あああああ――……っ、っ、っ！」

ルーフェンの指が、激しくヨルネスの内側を責め立てた。

二本の指でさきほどの膨らみを弾くように撫で、挟んで捻り、引っかくようにこすり上げる。

「いや……、そこ、いや……っ！」

指が肉穴を出入りするたびにぐちゅんぐちゅんと蜜液が跳ね、ヨルネスの内腿まで伝って流れた。

「すごい……、ヨル、初めてなのにこんなに感じて……。今ですら俺を興奮させてやまないのに、発情期が来たらどれだけ淫らに誘ってくれるのだろうな……」

脚から力が抜けてくずおれそうな体を、ルーフェンの腕がしっかり支えている。ヨルネスはシーツに顔を押しつけたまま、自分がどんな声を出しているかわからないほど喘ぐばかりだ。

陰茎の先からもぽたぽたと快楽の汁が漏れ、シーツに滴り落ちている。

尾てい骨に唇を落とされ、白い双丘を震わせた。

「嫌だなんて言っても、あなたの鳴き声は甘くなる一方だ」

自分への失望感で胸がいっぱいになる。

快楽がこんなに強烈なものだと知らなかった。自分は耐えられると思っていたのに、初めて他者から快楽を与えられた体はまったく耐性がない。だらしなく口端から垂らした蜜でシーツに染みを作りながら、獣のように淫楽の唸り声を上げている。

ああ、また甘痒い熱が下肢から陰茎を駆け上がっていく。出したい……、出したい――――！

「ああああ……、ああ……、っ、ひう……⁉」

突然指が抜かれ、吐精寸前で快感の源を失った肉襞がひくひくと震える。口を開いた肉孔から、掻き出された蜜液がとろりと零れた。

脱力した体を表に返され、荒い呼吸で胸を上下させた。

「初めては後ろからの方が楽かもしれないが、あなたの顔を見ながら抱きたいから、許してくれ」

ちゅ、とヨルネスの頬に口づけると、ルーフェンは膝立ちになって長衣を脱ぎ捨てた。

露わになったルーフェンの男性器を見てぎょっとする。

（あれは、なんだ？）

ぱんぱんに充血して、血管の筋すら浮き上がらせて臍まで勃ち上がっている。形も大きさも、さっき見た自分のものとまるで違う。ヨルネスの肉茎は滑らかで先端の膨らみも小さく、あんなに長くも太くも、ましてや亀頭がきのこのように猛々しく張り出していることなどなかった。

「むり……、です……」

声が震えた。こんな太くて大きいものが、あんな小さな孔に入るわけがない。

「大丈夫、ちゃんとやわらかくなっている。たっぷりと濡れているから、潤滑油を足す必要もない。ほら、こっちもこんなに悦んでいる」

雄茎の裏側をルーフェンに指でなぞられ、びくっと腰を揺らした。

見れば、ヨルネスの男根も上向きに反って、先端から流した涙が腹の上に小さな水たまりを作っている。

「そんな……」

目で確認させられ、諦観が心を満たしていく。

薬で抑えられていただけで、真実の自分は快楽に弱い淫らな本性を持っていたのだ。体が反応しなければ、命ぜられて体を開いただけだとしっかり顎を上げて言えるのに。これでは自分も悦んでいると思われても仕方がない。

「ヨル……、見てくれ」

ルーフェンが後ろを向くと、肩から腰にかけて金色の翼が生えているかと見紛うような見事なうろこで覆われていた。

肩越しにヨルネスを振り返ったルーフェンが、嬉しそうに目を細める。

「あなたを助けようとしたときに出た徴が、これだけ広がった。うろこが広がるたび、あなたを思い出して嬉しかった」

「………陛下」

徴が広がるのは激痛を伴うと聞いたことがある。だからほとんどのアルファは、薬を塗って徴がそれ以上広がらないようにするのだとか。まれに痛みを乗り越えた強者の証として徴が広がるにまかせるアルファもいるが、翠竜帝も紫竜帝もそうしたという話は聞かない。

だからこそ、ルーフェンはやってのけた。金竜帝が竜に変容できぬのに誰からも即位を反対されなかったのは、それだけの胆力を持つ皇帝の資質を皆が認めているからなのだ。

「愛している、ヨル。あなたを想わない日はなかった。このうろこがあなたと俺を繋げていてくれる気がして、痛むたびに愛おしくなった」

ルーフェンの言葉に、胸が震える。どれだけの日々を、ヨルネスを想って過ごしてきたのだろう。初恋だけをよすがに、彼は自分が壊れそうになった城で耐えてきた。

「誰にも文句は言わせない。俺が皇帝だ。あなたを俺の妻にする。そのためならどれだけでも頑張れた」

ヨルネスを見つめるルーフェンの端整な顔が近づいてくる。

唇が重なっても、ルーフェンの碧い瞳が間近にあった。ルーフェンの瞳が、切なく細まる。

「愛してる」

自分が想像していたよりはるかな想いの重さに圧倒されて、なにも言うことができなかった。

ルーフェンは体を起こしてヨルネスの両膝の裏をすくい上げた。

「……っ、」

大きく脚を開かされ、ルーフェンの目にヨルネスの陰部が丸見えになる。舌や指でさんざんほぐされ、口を開いた襞を見られていると思うと肌が燃えた。

視線で焼かれそうだ。襞口がそれとわかるくらいひくひくと痙攣（けいれん）している。

「んっ……」

怖いくらい熱いものが、ぐぐっと襞を圧迫する。

「く……、あぅ……」

めりめりと音がしそうなほど広げられ、苦しさで顎を反らした。男根が深く進んでいくごとにヨルネスの唇が開いていく。

「ヨル……、息を止めないで」

気づけば、苦しさに耐えるためか、息を止めて体を硬くしていた。

「浅くでいいから、息をしてくれ。体の力を抜いて」

ルーフェンの手が腹から胸までゆっくりと撫で上げ、ヨルネスの乳首をつまんだ。

「んん……」

そこに触れられると途端に甘い痺れが走り、ため息のように深く息を吐いた。雄を咥えこんだ肉筒が熱い。

またゆっくりと男根が挿入（はい）ってきて、どこまで進むのかと怖くなる。ヨルネスの怯えを感じ取ったのか、ルーフェンは体を覆いかぶせるとぎゅっと抱きしめてきた。背中に腕を回して厚い胸にヨルネスを引き寄せ、首筋と耳朶に何度も口づける。

ルーフェンの体重がかかって苦しいけれど、包み込まれていると守られている気がした。

「夢ではないのだな……。あなたが俺の腕の中にいる……」

安堵したような声が、こんな大きな体を持っているのに、なぜか縋りつかれているようだ。

巨大なものを受け入れて戸惑っていた肉筒が馴染んでいく。みっちりと嵌められて息苦しいのに、どこか安心した。オメガの体が男を受け入れるようにできているからか。

ゆるゆるとルーフェンの腰が動き、ヨルネスの奥を深く突いてくる。膨れた亀頭に腰奥をこじ開けられるたび、痛みとも快楽とも区別がつかないものがこみ上げて息を荒らげた。

「やめて……、もう、動かないで……。終わったなら、抜いてください……」

そんなふうに動かれると、自分が変わってしまう気がする。こみ上げるものが体中に満ちて支配されてしまいそうで怖い。

「まだ終わっていない」

「だって……、挿入したらすぐに射精して終わるものなのでしょう？」

挿入したあとに腰を動かすとは、本には書いていなかった。

ルーフェンは困惑したヨルネスの顔を見つめ、やがてくすくすと笑いだした。愛しげにヨルネスの頬を指の背で撫で、ついばむだけの口づけをした。

「本当に……、なにも知らないのだな、あなたは。動かなければ終わらない」

動く？

「こういうふうに」

言いながら、ルーフェンはヨルネスの顔の脇に手をついて顔を覗き込んだまま、腰を軽く引いた。そして――――。

「ひゃっ、う……っ！」

ずぐっ！　と奥を貫く。

何度もそれを繰り返されて、荒波に揉まれたように襲いかかる快感の波に翻弄された。

「やあっ、ああっ、あああああ、おくが……っ、へんに……！」

肉杭を奥まで押し込めたまま、恥骨同士をすり合わせるようにルーフェンが腰を回す。甘苦しい疼きが腰に広がり、自分のものとは思えない甘ったるい嬌声を上げた。

「いじめたいわけじゃない。でもあなたの純情があまりに可愛らしくて……、俺の腕の中にいるのが嬉しくて、止めてあげられない」

ルーフェンがヨルネスの腰をすくって自分に引き寄せた。挿入の角度が変わって、より密着が強くなる。後孔をこすられるたびルーフェンの男根にヨルネスの蜜液が絡んで、みちゃみちゃと卑猥な音を立てた。

「こうして……、男根を何度もこすって刺激して射精するものだ……。あなたの中は温かくて、とてもいい……」

ルーフェンの言葉も耳に入ってこない。頭のてっぺんまで貫くような快楽が続いて、なにも考えられない。

「ああああああ……っ、あ――――……………っ！」

性交なんて、痛みでしかないと思っていたのに。

痛くないわけではないけれど、その淫らな痛みが媚毒（びどく）のように自分を包んでいく。自分にこんな欲求があるなんて知らなかった。

「愛してる……、愛してる、ヨル……」

ルーフェンの息遣いが荒くなり、ヨルネスの中に埋められた男根がぶわりと大きさを増す。

ルーフェンはさっきと同じように体を重ね、ヨルネスを抱きしめた。熱い息が首筋にかかる。

「あなたを俺の妻にする。だから……俺の子を産んでくれ！」

いっそう抽挿が激しくなる。

「あああ、ああっ、ふか……、ふかい……っ！」

自身の蜜液の甘い香りとルーフェンの熱が混ざり合って、意識が溺れてしまう。穿たれる最奥がじんじんと熟んで、渇きを鎮（しず）めるものを待っている。

「ヨル、愛してる……、俺の花嫁だ……！」

ひときわ奥を突かれた瞬間、めくるめく快楽に包まれて自分を抱く男に縋りついた。

4.

城の屋上から下を覗くと、眼下に広い景色が広がった。

美しく作り込まれた庭園の向こうに、明るく輝く湖がある。数人の庭師が、庭園の手入れをしていた。

「人があんなに小さく見える……」

ヨルネスは手すりにつかまり、呆然と下を見下ろした。ヨルネスのいた村には、小高い丘があるきりだった。丘はなだらかな斜面になっているので、高いところという意識はなかった。

巨岩をくり抜いて作られたこの城は、屋上に出ると切り立った崖の上にいる状態になって、より高さを実感できる。

ヨルネスについている侍女の一人が、風になびく衣を押さえながら答えた。

「地上からはおよそ五十ヤードございます。落ちたら助かりませんので、お気をつけくださいませ」

これまでヨルネスの人生で登ったことのあるいちばん高い場所は、二階建ての建物の上ににょっきり突き出した町の時計台である。それでも高さは十三ヤードほどだった。あのときも足が竦むと思ったものだが、ここは目が眩みそうだ。意識が下に吸い寄せられていくようで怖い。

手すりから一歩内側を、ゆっくりと歩いて屋上庭園から景色を眺めた。

ヨルネスの部屋が配置されている後宮部分は城の正面から見て裏側にあり、バルコニーからは先ほど見下ろした庭園や湖が見える。

屋上はところどころに階段や物見台が設けられており、場所によっては手すりもなく、近寄ることさえ危険だった。一方、花が植えられていたり、クッションまで備えられたガゼボがあったりして、とても美しい。

すでに花が落ちてしまった緑地の前を通りかかったとき、侍女が残念そうに言った。

「もう少し早い時期でしたら、真っ白な絨毯（じゅうたん）のように花が咲いていたのですが。雪解けの頃には、可憐な花がたくさん咲いていたんです。陛下が特にお好きな花で、ご静養から戻って来られてからご自身の手で植えられたのですよ」

「それは……」

あの、ヨルネスに手渡してくれたのと同じ花ではないか。残った葉の形からもそれと知れる。

彼はもしや、ヨルネスを想って……？

ルーフェンが自分の手で白い花を植えている姿を想像すると、強引に妃にされた怒りが日に照らされた雪のように脆（もろ）くなるのを感じる。

もともと好意しか持っていなかった少年だ。懐かしさと慕（した）わしさ、怒りと戸惑いが複雑に入り乱れて自分の感情を持て余す。

一方的に連れてこられてヨルネスの意思を無視した扱いをされ、憎んでもいいくらいなのに嫌いになれない。もともと神官として、人の悪い面よりよい面を見ようとする性質も関係しているのだろう。感情を波立たせず、常に冷静に善を考えようとしてしまう。

「…………神官なのに、花嫁なんて」

呟いて目を逸らしたヨルネスに、侍女が問う。

「なにかおっしゃいましたか？」

「いいえ」

ぐるりと反対側まで歩くと、城前の広場に城を背にしてぎっしりと並ぶ兵士の姿が見えた。見渡す限り兵士で埋め尽くされていて、圧巻の眺めだった。いったい何千人いるのだろう。

「これはなにをしているのですか？」

「他国に派遣していた兵たちが帰還したので、皇帝陛下からねぎらいのお言葉を賜ります」

見れば、列の前方には周りと少し色の違う軍服を着た兵士たちが並んでいる。あれが他国から帰還した兵士だろう。

これだけの人数がいるのに誰も言葉を発せず静まり返っている中、ひときわ目立つ金色の皇衣を身につけたルーフェンが現れた。

兵士たちの前に組み立てられた櫓に上がり、兵に向かって立つ。ルーフェンははるか遠くにいるのに、胸が騒ぐような圧倒的な存在感があった。周囲の兵士たちより一回り以上も大きく見える。

風がヨルネスの黒髪をなびかせ、視線がルーフェンに吸い込まれた。

「国外での奉仕、まことに大義であった！」

ぞくっ！

とヨルネスの背に痺れが走った。ルーフェンのたったひと言で、兵士たちの間に緊張した空気が生まれ、全員がぴんと背筋を伸ばす。

「そなたらの中には、代替わり時に不在にしていた者もあろう！　われが父、翠竜帝より皇位を継いだ、金竜帝ルーフェンである！　そなたらの力で、隣国同士の争いが早くに終結したこと、礼を言う！」

これだけ離れているのに、凛と響き渡るルーフェンの声がはっきりと届いた。

皇帝という肩書きだけでなく、姿、声、存在感、すべてにぐいぐいと惹きつけられる。

「これよりは国内において、民の安全と生活の向上に尽力する！　そなたらの望む皇帝でいると誓う！　豊かな暮らしを約束する！　われについてこい！」

兵士たちの意識がルーフェンただ一人に集中している。

これがアルファの中のアルファなのか。神から賜ったと言われても納得する神秘性に、「この人についていきたい」という気持ちが湧き上がる。兵士たちの心酔が、背中からでも手に取るようにわかった。

今まで言葉だけで理解しているつもりだった〝皇帝〟という存在を、初めて実感してぞくりとした。

自分は、皇帝の妃になったのだ――。


たくさんの本がある。

それはヨルネスにとって、嬉しい環境だった。

神殿にいたときは朝からの務めが多く、本を読む時間は限られていた。もちろん神殿にやってくる村人の世話も仕事も好きだったからなんの問題もなかったが、それでも一日中本を読める時間があるのは嬉しい。

朝はいつも通りの時間に起き、神に祈りを捧げる。掃除や洗濯はもちろん、雑務は一切やらせてもらえないので、時間だけは有り余っている。ルーフェンが訪れるときにだけ部屋にいれば、あとは基本自由だ。

庭を散歩してもいいし、乗馬や習いごと、買いものも遊びも好きにしていい。けれど、外に出るなら必ず護衛がついてくる。

だからヨルネスは一人静かに本を読むことを好んだ。望めばなんでも出てくる贅沢な食事を断り、質素で肉より野菜が豊富な料理を頼んだ。

運動不足にならないよう、時間を決めて運動をしたり、散歩に出たりする。侍女にしてみれば退屈だろう。妃つきの侍女なら、相応に贅沢ができたり豪華な買いものにつき添ったりできると思っていただろうに、期待を裏切ってしまって申し訳ない。

だがヨルネスについている侍女はみなもの静かで振る舞いも丁寧で、決して不満な顔など見せなかった。おかげで都に来たというのに、まるで隠遁生活のように静かに暮らせている。

夜以外は――。

「ヨルネスさま、皇帝陛下がお越しです」

侍女に声をかけられ、ヨルネスは読みかけの本を閉じて椅子から立ち上がった。化粧と髪結いは断っている。閨衣も普通の寝間着にしてもらった。閨衣と化粧が同意を示しているというなら、同意していないという意思を表すために。それでルーフェンがすることが変わらなくても。

「ヨル、会いたかった……！」

ルーフェンは毎夜、まるで何年も会っていなかったようにヨルネスを抱きしめる。

「今日はなにをして過ごしていた？」

「いつもと同じです。祈りと運動と読書を」

無視はしないが、決して愛想よくもしないヨルネスに、ルーフェンは寂しげな顔をする。そんな顔をされると幼い日のルーフェンの面影がちらついて心が揺れたが、表情には出さなかった。

ルーフェンはヨルネスの黒髪を手で捧げ持ち、口づけた。

「あなたが贅沢を好まないことは知っている。でも俺はなんでも手に入れられる地位を得た。なにか贈らせて欲しい。服でも宝石でも、なんでも言ってくれ」

「結構です」

かつてルーフェンが贈ってくれた白い野の花が脳裏をかすめた。あの頃のルーフェンは、あんなに愛らしい贈りものをくれた。今も昔も、ヨルネスが喜ぶのは金のかかった贈りものではない。そんなこと屋上庭園に白い花を手植えた頃の彼にはわかっていただろうに、ヨルネスを手に入れたらその気持ちを忘れてしまっているのかと、胸の中を冷たい風が通り抜けた。

「したいことでもいい。なにかないのか」

「村へ帰りたいと言ったら帰してくれるのですか」

「それだけは許さない」

「ではなにもありません」

ルーフェンは思いつめたような表情でヨルネスを抱き寄せた。

「俺のそばにいるのは嫌か？」

そばにいるのが嫌なのではない。彼が助力を必要としているならば力になりたいと思う。

けれどこんな形で、半ば無理やり妃として召し上げられたことが受け入れられない。幼き日の彼に自分がなにか誤解を与える言動をしていたのだとしても、婚姻とは互いの合意のもとで行うべきだ。

「あなたは子を産む道具としてわたしを連れてこられた。だったらわたしの意思など関係ないのではありませんか。道具の機嫌など取る必要はないでしょう」

「道具だなどと思っていない！」

ヨルネスを抱きしめる腕の力が強くなる。痛いほど。

「子が必要なら、わたしでなくもっと若い女性かオメガを選んでください」

「違う。あなたを正妃に迎えたいだけだ。長子が産まれれば周囲もあなたを正妃と認める。だから……」

「では、道具はわたしでなく、生まれてくる子ということになりますね。非人道的な考えです。同意できません」

「ヨル……」

もしルーフェンとの間に子ができたとして、生まれてくる子を道具として見るつもりはない。赤子は慈しむべき存在。正妃になるための手段ではない。

皇族の子ともなれば、政略結婚もあり得るだろう。どちらにしろ国のための道具になるのかもしれない。しかしそれとて、本人の納得の上で選択させるべきだ。

「愛している……、愛しているんだ、ヨル。俺にはあなたしか考えられない。あなたに一生隣にいて欲しい。お願いだ、俺を愛してくれ。愛していると言ってくれ」

神に仕える者は、嘘を言わない。

黙ったまま反応しないヨルネスを、ルーフェンは一瞬だけ骨が砕けるかと思うほど強く抱きしめ、抱き上げてベッドに下ろした。

切なげに揺れる瞳が見下ろしてくる。そんな表情を見ると、十歳のルーフェンを思い出して胸が苦しくなる。

「それでもあなたが欲しい。あなたが俺を愛していなくても」

情熱的に口づけられ、されるがままにベッドに手足を投げ出す。

今夜も濃厚な種つけが始まる。

触れられれば簡単に反応を始めるようになった体を厭わしく思いながら、ヨルネスはせめて快楽に流されまいと無力に目を閉じた。

ふと目を開けると、夜明けが近かった。

長年の習慣で、いつも同じ時間に目が覚める。神殿にいたなら、すぐに起き出して清掃やその他の日課を始めるところだ。ここに来てからは、祈りの時間まで体を清めたり本を読んだりしているけれど。

起き上がろうとしたが、ルーフェンがヨルネスの胸に抱きつくようにして眠っているのを見てためらった。政務で疲れているであろう彼を早い時間に起こすのは忍びない。ルーフェンは事後、そのままヨルネスの部屋で眠ることが多い。ルーフェンの腕に抱かれていることもあれば、今朝のように胸もとに鼻先を埋められていることもある。

安心したようにヨルネスの腕の中で眠っているルーフェンを見ると、十歳の頃を思い出して胸の奥が疼く。

夢にうなされて、ヨルネスのベッドに潜り込んできた少年。ルーフェンは今、一人でも健やかに眠れているのだろうか。それとも……。

（ルーフェン）

声に出さずに、唇の動きだけで名前を呟いてみる。

薄闇の中、眠るルーフェンを観察した。

男らしく無造作にかき上げられた金色の髪。完成された大人のようでいて、まだ二十歳の寝顔にはどこか幼さが残る。愛らしい幼いルーフェンの面影を無理に探さずとも、十分守ってやりたい存在に見えた。

次期皇帝という重圧の中で、毎夜ヨルネスを想って眠ったと聞くと、そばに来てあげられてよかったと思う。自身が怒っていることやルーフェンのやり方に拘らず、苦しんでいる愛し子には純粋に寄り添いたい。

(妃としてでなければよかったけれど)

肩から背中まで広がった金色のうろこが美しい。子どもの頃は肌を見せなかったから、ここへ来て初めて見た。

「う……」

眠りながら、ルーフェンの眉がかすかに寄った。悪い夢を見ているように辛そうに唇を引き締め、小さく唸る。

昔一緒に寝ているときは、悪い夢を追い出すようによくルーフェンの胸もとや背中をぽんぽんと叩いた。自然に、ルーフェンの背中をやさしく叩く。

「……ヨル」

薄く目を開けたルーフェンが、顔を上げてヨルネスを見た。

「まだ眠っていて大丈夫ですよ」

起きるには早い。こちらに来てから、ルーフェンが朝晩の祈りを欠かしていないことを知った。神殿での習慣を保っていることを知り、神官として素直に嬉しかった。祈りの時間まではもう少し余裕がある。

「ん」

ヨルネスを見て、半分寝ぼけ眼で安心したように笑った顔に胸がきゅっとした。

すぐに目を閉じたルーフェンは、ヨルネスの肩口に額を寄せて再び眠りについた。ルーフェンの寝息が肌にかかってどきどきする。

（子どもみたい）

まるで母になったような気分だった。

徴が出ないことで思い詰め、心を閉ざした少年期。もしかしたら、今また竜に変容できないことで苦しんでいるのだろうか。だから、徴が出るきっかけになったヨルネスをよすがのように思って執着しているのかもしれない。

そう考えると、抱きしめて安心させてやりたくなった。自分の努力や意思ではどうにもならないことなら、悲観することはない。それでも十分皇帝として認められる力をつけたのだから、誇るべきことだ。

「…………」

自分はどうすればいいのだろう。

宰相からもらった抑制薬は侍女に気づかれないように飲んでいる。身ごもる可能性は低い。ルーフェンを裏切っているようで、胸がちくりと痛んだ。

できうることなら、妃としてではなくルーフェンのそばに残りたい。けれど彼が求めているのは伴侶としてのヨルネスなのである。

ヨルネスは神職につく者として、自ら命を絶つ行為は決してしない。ルーフェンもそれをわかっているから、逃げられないように見張りだけつけてヨルネスを自由にさせている。

自由だけれど、逃げられない。万一逃げ出したとしても、ルーフェンは手を尽くしてヨルネスを捜し出すだろう。

結局、ルーフェンが飽きるか諦めるまで待つしかないのだ。

運動は早朝が心地いい。

ヨルネスは朝の祈りのあと、体を動かすために必ず庭に出た。動きやすい服を着て、髪を後ろでひとつにまとめて。

気に入っているのは、城の南側にある湖の周囲をゆるやかな速度で走ることだ。湖のほとりで体を伸ばす運動をし、城に戻ってくると一時間ほど。景色もよく、運動量もちょうどいい。

使用人たちは早朝から働いている者も多い。最初はヨルネスを奇異なものを見るような目で見ていた使用人たちも、ヨルネスが誰にでも挨拶をすることで、だんだん気軽に声をかけてくれるようになった。

「おはようございます、ヨルネスさま。今日もお早いですね」

パンを焼いていた男に声をかけられ、ヨルネスは走りながら軽く頭を下げた。

「おはようございます、いいお天気ですね」

パンを焼く甘い香りが鼻腔を抜け、心地よい空腹を感じた。畑の横を通りかかると、野菜を収穫していた使用人が籠を持ち上げてヨルネスに見せた。

「ヨルネスさま、いいほうれん草が採れましたよ！」

「ありがとうございます、楽しみです」

故郷の村にいるようで楽しい。

ヨルネスの運動には、男性の護衛が一人ついてくる。侍女たちは運動をする習慣がないので、走るヨルネスについてこられないせいだ。

護衛の兵士は、やはり運動しやすい軽装でありながら、いざというときのために剣を背負っている。

湖にきらめく朝日を眺めながら周囲を走る爽快さ。春らしい風が頬をなぶっていくのも心地いい。

ボートが係留されているのを見て、ボート遊びもいいなと思う。村ではよく、夏になると川や池にみんなで飛び込んで水泳や水遊びをした。

湖の半分辺りまで来たところで立ち止まり、体を伸ばしたり屈伸したりする。

「はあ……」

息を整えながらきらきらと輝く湖を目を細めて眺めていると、突然城の方角から真っ黒の大きな鳥のような生きものが飛んでくるのが見えてぎょっとした。

すかさず、剣を抜いた兵士がヨルネスを背にかばって前に立つ。兵士の肩越しに生きものを見た。

「あれは……」

真っ黒な竜だ！

大きな羽根を持つ黒竜は、慌てふためいたように体をくねらせながら湖に落下する。

「危ない！」

派手な水しぶきを立てて、黒竜が湖に落ちた。象ほどもある体が沈み、湖面が激しく揺れる。

「今のは……？」

兵士に尋ねるが、こちらもわからないようで困惑した顔をしている。翠竜帝が亡くなり、城では現在竜に変容できる皇族アルファはいないはずだ。翠竜帝の弟である白竜大公の領地は遠く、そもそも白竜であって黒竜ではない。

もしかして……。

兵士と二人で息を詰めて黒竜が沈んだ湖面を見つめていると、やがて一人の少年が「ぷわぁっ！」と顔を出した。手足をばたばたと動かし、明らかに溺れている。

「ナハト皇子！」

兵士が叫び、とっさに飛び込みかけて踏みとどまり、ヨルネスを振り返った。

彼はヨルネスの護衛兼見張り役である。ヨルネスを放っておくわけにいかないとためらっているのだろう。だがこのままではあの子は溺れて沈んでしまう。

「助けてあげてください！　わたしは決して逃げたりしませんから！」

兵士は一瞬眉を寄せたが、剣を投げ捨てて湖に飛び込んだ。

少年までの距離は数十ヤード。素晴らしい速度で泳いでいく兵士と今にも沈みそうな少年を、はらはらしながら交互に見守る。

溺れる人間は重い。そして水の中で暴れられれば、屈強な大人の男でも一緒に溺れてしまうこともある。無事に足の届くところまで連れてこられるか。

ふとボートに目をやり、急いで乗り込んだ。

ただでさえ春先の水は冷たい。あまり長い時間水に浸かっていたら、体温を奪われて動けなくなる。最悪、助けに行った兵士ともども溺れてしまう可能性がある。

ならば、せめて近くまでボートを。

幸いオールはついたままだった。力を込めて漕ぎ出すと、ボートはゆっくりと二人に近づいていく。

「その子をこちらへ！」

ヨルネスが声をかけると、ぐったりとした少年を抱えた兵士は、唇の色を失くしながら泳いできた。

二人がかりで、なんとか少年をボートに担ぎ上げる。少年は服を身に着けていなかった。

水から上がった兵士は荒い息をし、咳（せ）き込んで水を吐いてから疲れきって少年と一緒にボートの床に転がった。

ヨルネスは素早く二人の様子を見る。兵士の方はずぶ濡れで、放っておけば体温を奪われてしまうから長い時間は置いておけないが、外傷もなく呼吸もしっかりしている。とりあえず後回しで大丈夫だと判断した。そして少年——兵士の言葉から、ルーフェンの弟のナハト皇子であると知れた。

（呼吸をしていない！）

こちらは青い顔をしてぴくりとも動かない。危険な状態だ。

ヨルネスはナハトを仰向（あおむ）けにすると、両手を重ねて胸の真ん中を力強く押した。神官は簡易な薬の処方や医術を心得ている。薬師（くすし）や医師がいないのが当たり前の地方の村では、神官が薬師を兼ねていることも多い。ヨルネスも幼い頃から薬草に親しみ、池で溺れた村人や火傷（やけど）の手当てをしたことがある。

（助かって……！）

額に汗を滲ませながら、繰り返し律動的にナハトの胸を圧迫する。

何度めかの圧迫でナハトの体がびくっと揺れ、痙攣したと思うと、

「がはっ……！」

と水を吐き出した。水がのどに詰まらないよう、急いでナハトの体を横に向ける。右肩に、黒い竜のうろこを確認した。さきほどの黒竜は間違いなくナハト皇子。彼がもう竜に変容できるとは聞いていなかったが。

しばらく苦しげに咳き込んでいたナハトは、やがてのどを押さえてひゅうひゅうと辛そうな息をすると、ぼんやりとヨルネスを見上げた。

「ナハト皇子ですね。わたしの声が聞こえますか」

ナハトは何度か濡れたまつ毛を上下させ、やがてゆっくりと頷いた。

（よし。意識は戻っている）

ひと安心だが、全裸でずぶ濡れのナハトをこのままにしておけない。顔色も真っ青で、湖からの冷たい風に吹かれてがたがたと震えている。

迷わず自分の衣服を脱いだ。肌着のシャツでナハトの濡れた体を拭き、ぐったりと脱力する体を抱えて上着とズボンを穿かせる。

兵士とナハトを乗せ、下穿きの下着だけの姿でボートを漕いだ。上半身が冷たい風に晒されて肌が粟立つ。寒さを感じて、余計に早く二人を温めねばと、ボートを漕ぐ手に力がこもった。

桟橋にボートをつけると流されないように縄で結び、助けを呼ぶためにボートから飛び降り

る。

「すぐに人を呼んできます。皇子を頼みます！」

やっと起き上がれた兵士に皇子を任せ、全速力で走りだす。半裸で駆ける後宮妃に城の人間が目を丸くしたことは、救助に懸命なヨルネスにはどうでもいいことだった。

ヨルネスの部屋にやってきたルーフェンは、不快げに顔を顰めていた。

「弟を助けてもらって、礼を言う」

とても喜んでいるとは思えない表情だ。

案の定、ルーフェンは「しかし」と身を乗り出してヨルネスの手首をつかんだ。

「裸で城内を駆け回ったそうだな」

「下着のズボンは身に着けていました」

全裸ではない。たとえ全裸だったとしても、人命には代えられない。同じ状況なら、自分は同じことをした。

「だが他の男が見たんだろう!?　あなたの肌を！」

ヨルネスはキッとルーフェンを睨んだ。

「男が裸になってなにがおかしいのです。上半身を曝すくらい、炭鉱辺りへ行けば女性でもしていることではないですか！」

夏の暑い日に上半身裸で仕事をする光景はよく見られる。

ルーフェンはつかんだ手首を引いてヨルネスをベッドに押し倒すと、荒々しくヨルネスの衣服を左右に開いた。胸が露わになって、うっすらと色づいた粒をじっくりと眺められ、ヨルネスの頬が染まる。

「ほら、あなただって意識しているだろう？」

「それは……、あなたがそんな目で見るから……」

性的な目的で見られたら、意識しないわけがない。

「他の男がそんな目で見ないと、どうして思う？　あなたは自分の美しさに無頓着すぎる！」

激昂するルーフェンに、ヨルネスも毅然と言い返す。

「ではナハトさまを見殺しにすればよかったとおっしゃるのですか」

ルーフェンは辛そうに眉を寄せた。

「……兄としての俺は感謝している。けれど、個人としての俺は嫉妬に駆られている。あなたの裸を見た男たちの目をすべて潰してやりたい」

物騒な発言に目を瞠る。

「見苦しいだろう？　だがこれが俺だ。あなたが……、ヨルだけが個人の俺は皇帝と違っていていいと言ってくれた。あなたの前でだけは、俺は本当の自分を隠せない！」

「あっ……！」

ルーフェンはヨルネスの首もとに噛みつくと、きつく吸い上げた。

「あ……、う……」

性急に唇を移動させては、首から胸にかけての肌をあちこち吸って回る。唇が離れたあとは、真っ赤な所有の痕がいくつも散っていた。

「やめてください……」

侍女たちにも見えてしまう。

今までこんなにはっきりと痕をつけられたことはない。ルーフェンの嫉妬の強さを物語っていた。

「ヨル……、裸になってまで人を助けるあなたを尊敬する。あなたは変わらない。そんなあなたを、愛しくももどかしくも思う。どうしたら俺を愛してくれる？」

その答えをヨルネスは持っていない。ただ、彼が素を曝せるのはヨルネスの前でだけだということに、あらためて気づいて胸を打たれた。

縋るようにヨルネスを抱くルーフェンに、せめて自分の前でだけは息をつかせてあげたいと思った。

「ナハトさまが？」

「はい。ヨルネスさまに直接お礼を申し上げたいとおっしゃっております」

翌日、ヨルネスさまの侍女を通してナハト皇子から面会の申し入れがあった。

同じ城内にいるものの、ヨルネスは皇帝の後宮に当たる部分に部屋を与えられているので、普通に生活をしていたらナハトと顔を合わせる機会はほとんどない。

「わたしも皇子のお体が気になっておりました。お気遣いはご無用ですが、もしお顔を拝見できたら安心です」

自分のような医術を齧った程度の人間でなく、城には皇家つきの立派な医師がいるから心配はないが、あの真っ青な顔色を思い出すと元気な姿を確認したくなる。

もちろん妃としての立場ゆえ二人きりで会うわけではない。城の応接室で、侍女や従者を伴っての面会になる。ルーフェンの家族に挨拶をするのは初めてだと、わずかに緊張を覚えながら応接室に向かった。

「ヨルネスさまがお見えです」

応接室の前に立っていた従者が中に声をかけ、両開きの扉が開かれる。

落ち着いた色のソファの前に、立ち上がってヨルネスを出迎えるナハトの姿があった。すらりとした少年の体つきを包む黒いドレスシャツが、彼の黒髪によく似合っている。

ナハトは胸に手を当てて進み出ると、にっこりと笑って優雅に一礼した。

「ヨルネスさま。金竜帝ルーフェンの弟で、ナハトと申します」

十三歳だというナハトは、十歳の頃のルーフェンによく似ている。髪の色こそ違うものの、碧い瞳はルーフェンと同じくきらきらと輝いていた。賢そうな美しい顔立ちもそっくりだ。

「あらためまして、ヨルネスと申します。ご挨拶をさせていただくのは初めてですね。遅くなりまして申し訳ございません」

「ぼくの方こそ。兄上が夢中なお妃さまはどんな方かなって思ってたんです。想像以上に素敵な方で嬉しいです。お会いできて光栄です」

弟らしい甘え上手で無邪気な雰囲気が、とても親しみやすい。素直に可愛いと思った。

手で着席を勧められ、一礼してから腰かけさせてもらった。形としては呼び出されたヨルネスが客人扱いだから、自分が座らなければナハトも腰を下ろせない。

「昨日は危ないところを助けていただき、ありがとうございました」

「大したことはしておりません。お体の具合はいかがですか？」

「もうすっかり回復しました。医師も、すぐに適切な処置をされたおかげで助かったと言っていました。そうでなければ、最悪のこともあったかもしれません。とても感謝しています」

「たまたま近くにいられて幸運でした」

溺れたあとは、長く呼吸が止まっていたせいで意識が戻らないこともあれば、すぐに水を吐いたおかげで少し休めば回復することもある。幸いナハトは後者だったようだ。

侍女がお茶と菓子を二人の前に置く。ヨルネスが手を出しやすいよう、ナハトは自分からカップを取り上げて口をつけた。人に気を遣（つか）わせない、育ちのよさを感じさせる。

「ヨルネスさまには、医術の心得があるのですか？」

「心得というほどのものではありませんが、わたしは神官ですので」

「神官さま！　どうりで。厳（おごそ）かな雰囲気をお持ちだと思いました」

城の中では地味すぎて逆に浮いているだろうが、女性のドレスのような華美な装いも、男性の礼服のような豪華な服も好まない。部屋では神官服に近い長衣、運動のときはチュニックにズボンで過ごしている。

「神官さまだったら、きっとたくさん勉強していらっしゃるんでしょうね。ぼくはどうにも数学が苦手で」

「数学でしたら、陛下がお得意だったと思いますよ」

十歳の頃に、すでに中級の神学校で使う問題集をすらすらと解いていた。

ナハトは瞳を輝かせて身を乗り出した。

「そうなんです！　兄上はすごいんですよ。数学だけじゃなく、他の分野の勉強も武術も、政務に関しても本当に素晴らしくて。うろこだって、ぼくは痛くていつも薬を塗ってるのに、兄上はあんなにたくさん生やしてかっこいいですよね！」

兄のことが好きで、憧れているのだなとほほ笑ましくなった。

「ぼくなんか、同じ年だった頃の兄上と比べたら、ぜんぜんできないことばっかりです」

「誰かと比べる必要はないと思います。みな違う人間ですから。あなたさまには別のよい面がたくさんおありではないでしょうか」

実際、立ち居振る舞いが上品で優雅で、会話もそつなく頭のよさを感じさせる。

ナハトははにかんだように笑った。

「そう言っていただけると安心します。兄上と比べられてばっかりで、もっと頑張らなきゃなって落ち込むことが多いから」

次期皇帝としてのルーフェンの重圧も相当だったろうが、突出した資質を持つ兄と比べられるのも酷なことに違いない。

「ところで、どうして水に落下されたのかお聞きしてもよろしいでしょうか」

ナハトの頬がぱっと染まる。

ソファの上でもじもじと体を揺らしながら口を開いた。

「あの……、お恥ずかしい話なんですが、実は昨日の朝、目が覚めたら初めて竜に変容していて……」

そういえば、ナハト皇子が竜に変容した話は聞いたことがなかった。アルファが獣に変容できるようになるのは、種族にもよるが、竜の場合は十八歳前後が平均だ。そう考えると、ナハトはとても早い。なにしろまだ十三歳である。

「初めての変容だったのですね。おめでとうございます」

獣に変容できるのは、アルファとして成熟した証である。皇族ならば国民に知らしめて盛大に祝うものだ。

「びっくりしちゃって、飛び起きたつもりが羽根が動いてしまっていて、いつの間にかバルコニーから外に……。気づいたら湖の上で、でも羽根の動かし方がよくわからないから慌てているうちに落ちてしまいました」

ナハトは恥ずかしげにうつむき、すぐに顔を上げてまっすぐヨルネスを見た。

「あのままだったら溺れ死んでいました。あの……、は、裸になってまでぼくを助けてくれたって聞いて、感動しました……！　さすが兄上の選んだ方です」

今度はヨルネスの方が赤くなる番だった。

そんなこと、ナハトに報告しなくてよかったのに！

「できたら、お礼をさせていただけませんか？」

「実際に水からナハトさまを引き上げたのは、護衛の兵士です。彼がいなければわたしはなにもできませんでした。お礼ならあの方に」

「もちろん、兵士にはすでに報奨を贈りました。職務放棄に関しても咎(とが)められないよう、士長にお願いしてあります」

しっかりしている。

いかなる理由があっても、兵士がヨルネスの護衛を放棄したことに変わりはない。そのことで罰を受けるのではないかと心配していた。昨夜はルーフェンに頼めなかったから、今日頼もうと思っていたのだ。

「ヨルネスさまが欲しいものは、ぼくなんかが贈らなくても兄上が用意するでしょうけど、なにかさせて欲しいんです」

頬を上気させて懸命に訴える少年を可愛いと思った。彼の気持ちを無下にするのもためらわれるが。

「こうしてお言葉をいただけただけで十分です。これ以上求めるものはありません」

「そうですか……」

あからさまにがっかりして下を向くナハトに、こちらが申し訳なくなった。

ナハトは「実は……」とうっすら頬を染めて顔を上げた。

「こうしてヨルネスさまとお話をさせていただいて、叔父の白竜大公に雰囲気が似ていらっしゃるから親近感を持ってしまいました。父上母上、それに兄上もとても忙しくてあまり構ってもらえなかったぶん、叔父にはすごく可愛がってもらったんです」

都とはかなり離れた領地を治める白竜大公は、学位も持つ博識で落ち着いた人物というわさを聞いたことがある。

　長子であるルーフェンに、七つ年下の弟と遊ぶ時間がほとんどなかったのは事実であろう。

「お礼をしたいのは本当なんですが……。もしよかったら、ヨルネスさまがぼくの新しい兄さまになって仲よくしてくれたら……、あれ、お妃さまだから姉さま？」

　宙を見上げて首を傾げるナハトが可愛らしくて、つい笑ってしまった。

「オメガですが一応男性なので、兄と思っていただけた方がしっくりきます」

「じゃあ、ヨルネス兄さま」

　にっこり笑ったナハトが、とても可愛い。村の子どもたちも自分の弟妹のように思っていたが、こちらでも弟ができるなら嬉しい。

「ぼくのことはナハトって呼び捨てにしてくれたら、兄さまらしくてもっと嬉しいんですけど」

「では遠慮なくそう呼ばせていただきます、ナハト」

「はい、兄さま。仲よくしてください」

　都に来て、こんなに愛らしい弟ができるとは思わなかった。

「こちらこそ」

　あれこれヨルネスのことを聞きたがる新しい弟と、ナハトの家庭教師が呼びに来るまで楽しく談笑した。

5.

腰のいちばん奥を律動的に突かれて、ヨルネスは体の中心を通って頭まで突き抜ける快感に背を反らしながら涙を散らした。

「ああっ……、あ……、あ、あ、やぁ………」

ベッドに両手と両膝をつかされて後ろから嵌められる体位は、深い挿入にいつも意識が飛びそうになる。結合部がはっきり見えることでルーフェンの興奮が増すらしい。

激しい摩擦に肉襞がめくれ、張り出しの大きな亀頭の冠でかき出された蜜液が内股を伝う感触に膝を震わせた。

「あ……、あ……、へい、か……、もう……、も、ゆるして………」

この角度がもっとも奥に挿入って、よすぎて辛い。腰が壊れそうな快感に泣いてしまう。

ヨルネスの腰骨をつかむ手の力が強くなり、ルーフェンが男根を叩きつける速度が速くなる。

「ヨル……、ヨル……、ああ、いい……、出すぞ……！」

肉同士のぶつかり合う音がいっそう高くなった。

「くぅ……、ん……っ」

仔犬のような鳴き声を上げて、体奥でルーフェンの精を受け止める。じん……、と熱いものが広がった。

強すぎる快楽を与えられると、ヨルネスは逆に達せない。雄茎の先端から透明の蜜を垂らしたまま、脱力してベッドに肘と頬をついて荒い呼吸をした。心臓がどっどっどっと鳴り響いている。

ルーフェンが二、三度肉孔を往復して男根を扱き、肉棒に溜まった残滓(ざんし)まですべてヨルネスの中に注ぎきる。

「んん……」

達しても、ルーフェンはヨルネスの中にいるのを好む。たっぷりと精を注ぎ込んだ蜜壺をかき混ぜ、いつまでも密着を味わっている。

ルーフェンは抜かないままヨルネスの背に覆い被さってきた。汗で濡れた背中と、男の硬い胸と腹が重なる。驚くほど肌が熱い。

ルーフェンはヨルネスの手の甲に自分の手を重ね、指の間に自分の指を入れるつなぎ方をした。そしてもう片方の手をヨルネスの雄に伸ばす。

「あっ……」

張り詰めていたものをルーフェンの手が扱き上げ、射精を促す動きにまたたく間に絶頂を味わう。

「ああ、あ……」

体の内側を貫かれるのとは違う快感。

適度な力で直接そこをこすられれば、簡単に精を吐き出してしまう。達する瞬間にぎゅうっと咥えたままの男根を締めつけてしまい、ルーフェンがヨルネスの耳横で熱い息をついた。

ルーフェンが後ろからヨルネスの耳朶を噛み、「愛してる」と囁く。ヨルネスからの返事がなくとも、何度も何度も愛を囁くことをやめない。そんな健気な姿に、胸が疼く。

ルーフェンは耳朶から肩口に唇を移動させながら、ヨルネスの下腹をやさしくさすった。

「まだ発情期は戻らないのか。待ち遠しい。早くあなたとの子どもが欲しい」

毎夜この言葉を聞くたび、薬を飲んで発情を抑えていることに後ろめたさを感じる。子作りに同意しているわけではないのだから、罪悪感を持つ必要はないのだが。

薬を飲んでいることを知ったらルーフェンは悲しむだろうかと思うと、胸の奥がちくちくと痛んだ。


目覚めると、ルーフェンはすでにいなかった。夜中のうちに政務に戻ったらしい。このところ忙しそうで、朝までいることは少ない。ヨルネスの部屋を訪れる時間も遅いし、夜の薄暗い灯りだからわかりづらかったが、そういえば顔色がよくなかった気がする。

（あまり寝ていないのかも……）

いくら体力のある年齢とはいえ、こうも忙しいと心配になる。

城には薬師も医師もいるので自分の出る幕ではないと思うが、滋養のある薬草を摘みに行こうか。もしくは食事か。いや、それも料理人が精のつく料理を提供しているに違いない。

あと自分にできることは。

筋肉の凝りをほぐしてあげる想像をして頭に浮かんだのは、自分がルーフェンにまたがって腰を使う図だった。

かあっ！　とヨルネスの顔が熱くなる。

「わたしはなにを考えて……」

思わず口に出てしまい、隣の部屋で控えていた侍女が顔を出した。

「お呼びでしょうか、ヨルネスさま」

「あ、いえ……！　その……、お茶をいただけますか」

ごまかすためにお茶を頼み、ふう、と息をついて熱くなった顔を手で扇いだ。風に当たろうとバルコニーに続く大きな窓に近づくと、真っ赤なものが視界に入ってどきりとした。

よく見れば、バルコニーの手すりに鮮やかな赤い体色を持つ大きな鳥が留まっている。翼には黄色や青も混じっていて、とても目を引く鳥だ。

近づいてみると、大きな嘴を持つ頭をくりっと曲げ、長い尾をぴんと後ろに跳ね上げた。

突然、鳥が高い声でしゃべった。

「オハヨウ」

「えっ」

驚いて足が止まる。まじまじと鳥を見て、声をかけた。

「今、あなたがしゃべりましたか?」

鳥は肯定するようにふわりと毛を膨らませた。

「オハヨウ。キョウモ、イイテンキ、ダ」

ヨルネスはくすくす笑いながら、鳥に返事をする。

「おはようございます。いいお天気ですね。こんな日は空を飛ぶのも気持ちがいいでしょうね」

天候に誘われて飛んできたに違いない。

そういえば、商人になってあちこちの町を訪れたカイから、どこか大きな町でしゃべる鳥が見世物になっていたと聞いたことがある。実際に見られるなんて。

よく見れば、足輪から伸びた紐が切れてぶら下がっている。どこかの商人の売りものか誰かの愛玩動物かわからないが、持ち主は捜しているかもしれない。

「あら。陛下のオウムではございませんか」

お茶を持ってきた侍女が、後ろから声をかけた。

「陛下の？」

こんな鳥を飼っていたのか。

「だったら捕まえておいてあげなければいけませんね」

「鳥かごをお持ちいたします」

侍女が身を翻したとき、別の侍女がルーフェンの来訪を告げた。

「失礼いたします、ヨルネスさま。陛下のお越しです」

ちょうどいいところに、と思って振り向けば、慌てた様子のルーフェンが鳥かごを持って大股で部屋に入ってきた。

「やっぱりここにいたか。あなたの部屋の方角に飛んでいくのが見えたから、急いで追ってきたんだ」

大きな金の鳥かごを床に置く。

こんなに慌てるなんて、大事にしているのだなと思う。ルーフェンは「大きな鳥がいて危ないから」と侍女たちを下がらせた。そしてオウムに向かって手を伸ばし、ゆっくりと近づいていく。

「おいで。ほら、部屋に帰ろう」

オウムはふわっと羽根を持ち上げたかと思うと、バタバタとヨルネスとルーフェンの周りを飛び始めた。

「ルーフェン！　ルーフェン！　ヨル、ルーフェン、アイシテル！」

「え？」

オウムは部屋の中のソファに留まると、くりっとルーフェンを見上げた。

「ヨル、ルーフェン、ダイスキ」

ルーフェンを見ると、真っ赤な顔をしていたたまれないように佇(たたず)んでいた。

「これは、どういう……？」

ヨルネスが尋ねると、剣で突かれでもしたようにびくっと体を震わせ、目もとを手で覆ってため息をついた。

「あなたへの想いを、声に出したくて……。でも、ヨルが……、オウムが声真似をし出したら、俺を好きだと言ってほしくて……」

「このオウムの名はヨルというのですか？」

もう、ルーフェンは首まで真っ赤だった。

「気持ちの悪い真似をしてすまない。部屋で一人で楽しむだけのつもりだったんだ。ほらヨル、部屋に帰ろう。大好きな芋をやるから」

鳥かごの中には、芋が入っていた。

ルーフェンと雪遊びをしたときに暖炉の前で二人で食べた、茹でただけの芋。

胸の中に温かいものがじわじわと広がる。

ヨルネスに手紙を書くこともできなかった生活で、ただなにかに向かって想いを吐露したくて鳥に語りかけた。二人で食べた、小さな思い出を大事に抱え込んで。

こんないじらしさを、愛しく思わずにいられない。見た目が大人に変わっても、中身はあの頃の純粋なルーフェンのままだ。

ルーフェンが手を伸ばすと、オウムはそれを避けてバタバタと部屋の中を飛び回った。

「ルーフェン、アソボ！」

「こら！」

オウムは遊んでいるつもりなのか、ルーフェンが捕まえようとすると飛び立つのを繰り返す。

大柄な男がオウムを追いかけ回すのが面白くて、つい声を出して笑ってしまった。

ルーフェンが立ち止まり、ヨルネスを見る。そして雪が解けるように、顔をほころばせた。

「やっと笑ってくれた」

そういえば、この城に来てからルーフェンの前で屈託なく笑ったのはこれが初めてだ。

「あなたが笑ってくれるのなら、恥を曝して報われた」

目と目が合って、ヨルネスも頬を赤くした。互いに照れた顔をしているのが気恥ずかしくてなんだかおかしくて、目を見交わしたまま笑い合った。

ヨルネスの心を硬く縛りつけていたなにかが、ふっとほどけた気がした。

「よければこの子の世話はわたしにさせていただけませんか？」

「え？」

ルーフェンが目を見開く。

「それは……あなたが俺の部屋に来てくれるということか？」

「そうなりますね」

部屋に行くことが目的ではないが、必然的にそうなる。ヨルネスの部屋にオウムを連れてきてしまうのでは、世話をするというより譲り受けることになってしまうし、オウムにしても慣れた環境の方が過ごしやすいだろう。

ルーフェンは心の底から嬉しそうに、「毎日でも」と笑った。


ヨルネスの日課に、オウムの世話が加わった。

朝の祈りのあとと夕の祈りの前、オウムに食事をあげ、止まり木周りの掃除をする。食事だけでいいと言われたが、動物は糞尿の後始末も含めて世話をしたことになるものだ。いいところだけ取るのは世話をしたことにならない。

ヨルネスが掃除をしている間、盛んにしゃべりかけてくるオウムが可愛い。慣れてくると、単に覚えた言葉を反復しているだけでなく、簡単な会話になっていることに驚く。

オハヨウ、アソボウ、ゴハン、ネムイなど、その場に合った単語を使い、ウレシイ、オイシイなどの感想も言う。まるで話し始めた赤子の世話をしているようでとても楽しい。

「今日もお忙しかったですか」

ヨルネスが夕方にオウムと遊んでいるところへ戻ってきたルーフェンに尋ねると、ソファに腰かけながら嬉しそうに笑った。

「あなたは最近、俺のことも聞いてくれるんだな」

そういえば。

以前はルーフェンがヨルネスに「今日はなにをしていた？」と聞くばかりだったが、ルーフェンの部屋にいると、今度はヨルネスが彼に今日の出来事を尋ねてしまう。相手のテリトリーに来ると、その人のことを聞きたくなってしまうのだろうか。

オウムを挟んで、ルーフェンとの雑談も増えていることにも気づく。

変わり映えしない自分の生活と違い、ルーフェンは様々な仕事をこなしている。会議や視察、書類に目を通したり、もちろん合間合間に体を鍛えるのも忘れない。

そして夜は情熱的にヨルネスを抱くのだ。どれだけ精力的なのだろうと感心する。

「明日までかかると見積もっていた仕事が、今日終わったんだ。おかげで明日は空き時間ができた。もしあなたがよかったら、せっかく都に来たのだから大神殿に行ってみないか」

ルーフェンに提案され、「行きたいです」と即答した。

「幼い頃から、生涯に一度は訪れてみたいと思っていた場所なんです」

「早く言ってくれればよかったのに」

「でも……」

ルーフェンからは何度もしたいことがあれば言って欲しいと言われていたが、妃として行動するならたくさんの護衛がついてきてしまうので、行きたいと言えずにいた。

ためらうヨルネスに、ルーフェンが視線で先を促す。

「あまり目立ちたくないのです。妃としてではなく、神官として行きたいので」

そう言うと、ルーフェンはやさしく笑ってヨルネスを自分の隣に座らせ、頬を撫でた。大きく温かな手のひらにどきりとする。

「俺が護衛代わりにあなたと一緒に歩く。大神殿には貴族や裕福な商人も参拝しているし、二人で平服を着て歩いていれば目立たない」

ルーフェンならきっと護衛兵士より腕が立つだろう。なにしろ十歳の頃でさえ、訓練された兵士と同等に戦えていたのだから、一緒にいれば安全だ。確かに二人なら目立たず歩くことができる。

「では、よろしくお願いします」

頭を下げたヨルネスに、ルーフェンは大げさなほど明るい笑顔を見せた。

「やっとひとつ、あなたを喜ばせてあげられる」

そんなふうに嬉しそうに言われると、胸の奥がくすぐったくざわめいてしまう。ヨルネスの一挙一動にいちいち喜んだり悲しんだりするルーフェンは、大きな体を持っているのに可愛らしく思える。

ルーフェンと目が合ってほほ笑まれたときに、なにか甘酸っぱいものがこみ上げた。最近よくこんな瞬間があって、自分でも戸惑ってしまう。心の中に温かい泉が湧いて、やさしい風で水面が揺らされているようだ。

勝手に頬が赤くなってしまうのはどうしてだろう。恥ずかしいのに嫌じゃない。でもどう反応していいかわからず、赤くなった顔をうつむけた。

ばたばたとオウムが飛んできて、ルーフェンの膝に留まる。腕に頭を擦りつけて、高い声で鳴いた。

「ルーフェン、ダイスキ」

撫でてくれ、の催促（さいそく）だ。ルーフェンは愛しげに、大きな手でオウムの頭の後ろの羽に空気を含ませるように撫でる。オウムは心地よさげに目を閉じた。

ヨルネスはオウムの趾（あしゆび）を指先で撫でる。二人で撫でると、オウムはさらに気持ちよさそうにくるくるとのどを鳴らした。安心しきって、触れ合いを楽しんでいる。

「可愛いですね。赤ちゃんのようです」

「ああ」

ふと顔を上げると、ヨルネスを見つめるルーフェンと目が合った。温かい眼差しにどきりとする。

「こんなふうに……、俺とあなたの子を可愛がれたらな……」

ゆっくりと近づいてくる唇を、瞬きもできずに見ていた。やわらかく食まれ、下腹がかすかに甘く疼く。

「あなたとの子が欲しい……」

道具としてではなく、純粋にヨルネスとの子が欲しいように聞こえた。

翌日はルーフェンに案内されて都の大神殿を訪れた。着いてみて、まずその広大さに圧倒された。

「すごい……」

ヨルネスのいた村ひとつがすっぽりと収まってしまいそうな敷地にいくつもの棟が並び、大勢の神官や見習い学生だけでなく、至るところから参拝や観光にやってきたとわかるたくさんの人々が訪れている。

中心にある大神殿は巨大で堂々としていて、ひっきりなしに人々が出入りしていた。

神官試験のできる町の神殿ですら、宿舎を併設していて大きくて立派だと思っていたが、都の大神殿は規模が違う。

まずはヨルネスとルーフェンも大神殿で神に祈りを捧げる。富める者も貧しい者も、みな等しく頭を垂れて厳かな空気が漂っていた。

祈りが終わると、ルーフェンはヨルネスを神殿の奥へと連れて行った。

「神官長と面会の時間を取ってある」

そう言われて驚いた。自分のような一介の地方神官が会えるような相手ではない。

「ご迷惑では……」

「ヨルに会うのを楽しみにしていると言っていた」

まさかと思ってから、ふと気づいた。

そうか。一介の神官ではなく、金竜帝の妃として紹介されるのだ。

複雑な想いと緊張が入り交じりながら、案内されて神官長の部屋の扉を叩く。

出迎えた神官長は、真っ白な顎ひげを長く伸ばした、柔和(にゅうわ)そうな老人だった。

「あなたがヨルネス神官」

「初めまして、神官長」

ヨルネスを妃扱いでなく、神官と呼んでくれたことが嬉しかった。それだけで緊張が軽くなる。硬く握手を交わし、勧められた椅子にルーフェンと腰を下ろした。

「わたくしのような下位神官のためにお時間を取っていただき、恐縮です」

神官長はヨルネスに温かい目を向けた。

「とんでもない。寄宿に入らず神官になられるとは、大変優秀な方とお見受けいたします」

ヨルネスは控えめに頭を下げた。実際、寄宿が原則の神官試験に外部から合格するには、暗唱も論文も最高得点を取らねばならない。一年に一人合格するかしないかの難関である。ヨルネスも三回目でやっと合格できた。

「ホラーツ副神官長の養子とお聞きしました。あの方には、私も大変お世話になりました」

「養父をご存じですか？」

驚いて問うと、頷いた神官長は懐かしそうな目をした。

「とても厳粛で公正で、誰よりも人の気持ちに寄り添ってくださる素晴らしい方でした。私が今こうしてこの地位にいるのも、私がまだ若く力不足で焦っていたときに、ホラーツ副神官長が根気よく導いてくださったおかげです」

あちらに肖像画があります、と言われて振り向くと、壁に歴代の神官長と副神官長の肖像画がずらりとかかっていた。

すぐにホラーツの姿を見つけた。自分が知るより若いホラーツは、実直さがそのまま肖像にも表れている。

「手紙にあなたのことが書かれていたことがあります。とても賢く可愛い子を育てていると。

お会いできるとは思っておりませんでした、嬉しいです。お体を悪くされて故郷に戻られると聞いたときは残念に思いましたが、楽しく暮らされていたようですね」

自分のことが書かれていたと聞き、急に自分の存在がとても確かなものになったように思えた。

ヨルネスは村近くの町の神殿前に捨てられていた子だという。オメガの子だとわかって町で持て余していたのを、ホラーツが引き取ってくれたと聞いている。

ホラーツは愛情を持ってヨルネスを育ててくれた。ヨルネスもホラーツを心から尊敬し、愛していた。両親の顔を知らずとも幸せだった。

ホラーツが副神官長だったことは、きっとダン神官は知っていたに違いない。だが時の止まったような穏やかな村で静かに余生を過ごしたかったであろうホラーツを慮って、誰にも言わなかったのだろう。ヨルネスにさえ。

「養父は村人に愛されて幸せに過ごしておりました。亡くなったときは、村中の人間が棺を花で埋め尽くしてくださって……。わたしも息子同然に育てていただきました。感謝しております」

神官長はホラーツの思い出をひと通り話して聞かせてくれた。学舎の秀才として何度も表彰されたこと、魔術師の存在について当時の神官長と熱く議論を交わしたこと、花街の女性にひと目惚れしたが振られてしまい、その後独身を通したことなど。

どれも新鮮で、ヨルネスの中のホラーツがますます愛おしい存在になった。

「さて、思いのほか長い時間お引き止めしてしまった。久しぶりにホラーツ副神官長のお話ができて楽しかったです。よければまたいらしてください」

「こちらこそ、お忙しいところを長居してしまい申し訳ありません。次は勉強会に参加させていただきたいと思います」

「お待ちしております」

もう一度握手をして神官長の部屋を辞すと、ルーフェンに礼を言った。

「ありがとうございました。まさか養父の話が聞けるなんて思っていませんでした」

「あなたが喜んでくれたなら嬉しい」

嬉しかった。ホラーツの話ができたことも、妃ではなく神官として迎えてくれたことも。

「せっかくだから、もう少し敷地内を見学して行こう」

「許されるなら、ぜひ。神殿図書館に行ってみたいと思ってたんです」

憧れの都の大神殿である。学生気分を味わえたら嬉しい。

大神殿の図書館にはありとあらゆる書物が揃っている。書棚を埋め尽くす書物を見て、わくわくした。

「こちらの本を借りることはできるでしょうか。あ、これも読みたいです」

地学書、歴史書、最新の心理学書など、読みたいものがたくさんある。特に神学書は豊富で、読みたかった学者のものが網羅されていた。

「素晴らしいですね！　毎日通いたいほどです」

頬を上気させるヨルネスを、ルーフェンは憧れるような眼差しで見た。

「本当にあなたは勉強熱心だ。見ていて気持ちがいい。俺も頑張ろうと思える」

「興奮してしまってすみません……。お恥ずかしいです」

ルーフェンの視線に気恥ずかしくなりながら、並んで歩く足取りは軽い。そういえば二人きりで出かけるなんて、こちらに来て初めてではないか。

うっすら頬を染めるヨルネスの手を、ルーフェンが握った。どきどきするけれど、振り払う気にならない。まるで普通の恋人同士……、いや、妃として囲われたのでそれ以上なのだが。

胸が高鳴って苦しいほどだ。

「疲れただろう。少し座ろうか」

「そ、そうですね……」

噴水の縁に腰を掛けて休もうとしたとき、そばで雑談に興じる旅人らしい恰好をした二人の男の会話が聞こえてきた。

「そういや、ナハト皇子が黒竜になったそうじゃないか」

話の内容にどきりとした。ルーフェンもすっと表情を引き締める。

「でも皇帝の方がまだなんだろ？　金竜帝はうろこが出るのも遅かったっていうし、このまま竜にはならない可能性もあるんじゃねえ？　一生獣に変われないアルファもときどきいるって聞くよな」

「皇帝がそれじゃ話になんないだろ」

小馬鹿にした口調に眉を顰めた。

獣に変容できるのはアルファの最大の特徴である。しかしそれは本人の努力によるものではなく、背が伸びるか伸びないかといったような生まれつきの資質の問題なのだ。皇帝に完璧を求めたい心理はわかるが、そこを責めるのは酷というものだろう。

ルーフェンの様子が気になってちらりと見るが、悔しいだろうになんの感情も浮かべていなかった。こんな雑音に慣れていると思うと、悲しくなる。

正面切って侮辱されたのなら反論もできるが、雑談に文句を言う筋合いはない。ここは不快な会話が耳に入らないよう離れるべきと判断し、ルーフェンに声をかけた。

「行きましょう」

噴水から離れかけたとき、会話の続きが耳に飛び込んできた。

「皇帝はナハト皇子の方がいいんじゃねえの？」

「それいいな。先に生まれたってだけで、竜にもなれねえ皇帝は退位させちまえよ」

笑い合う男たちに、腹の底から怒りがこみ上げた。

ルーフェンが皇帝たるべく幼い頃からどれだけ努力してきたか知っている。体も心も鍛え、竜に変容できずとも臣下たちを納得させる実力をつけてきた。

それを、なにも知らない人間が……。

衝動に駆られ、ヨルネスはルーフェンの手を放すと男たちに向かってつかつかと歩いて行った。気づいた男たちが、なんだ？　という顔でヨルネスを見る。

ヨルネスは怒りを押し殺した声で男たちに言った。

「ただの軽口と聞き流せない部分があったので、失礼ながら声をかけさせていただきます」

美しい顔を怒りに燃やすヨルネスを、男たちはにやにやして眺めた。

「なんだよ、きれいなお兄ちゃん」

「遊んで欲しいのか？」

下卑たからかいにきつく眉を寄せた。

「わたしは縁あってルーフェンさまのそば近くに仕える者。ルーフェンさまほど皇帝にふさわしい人物はいないと申し上げておきます。くれぐれも、現皇帝を貶めるような言動はお控えいただきますよう」

は？　という顔をした男たちは、ヨルネスの背後から近づいてくる大柄な男を見て顔色を変えた。

「え……、あれ……」

都にいれば、皇帝の肖像画を目にする機会もある。それこそ、神殿にも現皇帝の肖像画は神官長と並んでかけられている。外套のフードを上げて顔を露わにしたルーフェンを見て、男たちは慌てふためいて地面にひれ伏した。

「もしかして……、へ、陛下……!?」

「いかにも。国民に不満を抱かせる未熟な皇帝ですまない」

ルーフェンは口もとをにやりとつり上げて男たちを睥睨した。

男たちは真っ青になって地面に額をこすりつけた。

「い、いえ、その……、勝手なことを言って申し訳ありませんでした……！」

「どうかお目こぼしを……！」

ルーフェンは男たちに顔を上げるよう促すと、興味を失くしたように「行け」と短く命じた。

咎めなく解放された男たちは、転げるようにその場を離れていく。

振り向いたヨルネスは、ルーフェンが笑っているのを見て眉を顰めた。

「なぜ笑っているのです。あんなことを言われて腹が立たないのですか」

「あなたが代わりに怒ってくれたから」

ルーフェンの言いように、思わず肩の力が抜けた。嬉しそうなルーフェンの視線に、だんだん頬が赤くなっていく。

「勝手な真似をしてすみません。あの発言だけは、どうしても許せなくて」

「あなたが俺のために怒ってくれて嬉しい。あなたにいちばん皇帝として認められたかった。

愛してる、ヨル」

やわらかく抱きしめられ、人前だというのに突き放せなかった。この人を、誰からも後ろ指を指されない完璧な皇帝にしてあげたいと、強く、強く思った。

ヴェルナー宰相に呼ばれたのは、城に来て二ヶ月ほど経った頃だった。最初にこの城に来たときと同じ部屋で、宰相は相変わらず渋い表情をしていた。

「きちんと発情を抑えていただいているようで、礼を言いますぞ。そろそろ手もとの薬がなくなる頃でしょう」

宰相は懐から、新しい薬の袋を取り出した。

袋を手渡されながら、ヨルネスの心にもやもやとしたものが湧く。薬を飲まなければ、抑えていたヨルネスの発情期もやってくる。すぐに来るか、薬を止めてからしばらく時間がかかるのかはわからないが。

ルーフェンはヨルネスとの子を熱望している。諦める気配はない。ヨルネスはそれに同意したわけではないのだから、これは裏切りではない。だがもしヨルネスが薬を飲んでいると知ったら、ルーフェンは怒るだろう。

皇帝にはどうしても後継が必要だ。言い方は悪いが、皇帝として〝一人前〟とみなされるには、実際のところ子を持つことも含まれる。竜に変容できず正妃もいない、ルーフェンの立場はまだ盤石(ばんじゃく)ではないのである。

自分が彼を手助けしたい。日に日にその思いは強くなる。

竜となる彼を見届けたい。後継を腕に抱き、国民から完全な皇帝として祝福されるルーフェンの隣に自分が立ち――。

そこまで想像して、ハッとした。

(わたしは、正式にルーフェンの伴侶と認められたいと思っている……？)

思わず薬の袋を取り落とす。

「どうかされましたか？」

「い、いえ……」

心臓に汗をかいたように動揺し、急いで袋を懐に突っ込んだ。自分の気持ちの変化に戸惑っている。

宰相はのどを潤すためにお茶をひと口飲み、両手の指を組んで思い出したように言った。

「そう言えば、最近ナハト皇子の勉強を見られているとか」

「はい。この後もお会いする約束になっています」

ヨルネスを兄さまと呼んで慕ってくるナハトに、神学の教師になって欲しいと乞われた。城には専門の家庭教師がいるだろうと断ったが、たまたま教師役の神官の異動があって、新しい神官を派遣してもらう予定だったという。

「兄さまに教えてもらえたら嬉しいな」

可愛らしくねだられ、教師に乞われてからの一週間ですでに二回勉強を教えている。勉強の後はボードゲームで遊んだり、おしゃべりをしたり、素直で人懐こいナハトとすっかり仲よくなった。オウムの世話をし、ナハトの教師をし、最近のヨルネスの生活は充実している。

「まあ、よいのではありませんかな。陛下はお忙しくていらっしゃいますから、あなたも退屈が紛れるでしょう」

「わたしは本があれば退屈ということはありませんが、ナハト皇子は大変賢いので教えがいがありますね」

もの覚えがゆっくりな子どもに教えるのも理解できたときに一緒に喜べる楽しみがあるが、打てば響くような賢い生徒に教えるのはまた違う楽しさがある。十歳の頃のルーフェンもそうだった。

「しかしナハトさまは早熟でございますな。まさか十三歳で竜に変容してしまうとは……。陛下と年齢が近ければ先に祝うこともできましょうが、七歳差では……」

宰相は薄くなった頭を撫で上げながらため息をついた。

皇族は獣に変容すると、アルファとして成熟したとして国を挙げて祝うのが通例である。しかし兄弟で弟が先に成熟してしまうとは。しかも七歳差とあれば、余計にルーフェンの晩熟が目立ってしまう。宰相にしても頭の痛いところだろう。

「陛下の成熟を待って一緒に祝うのが最善でしょうな」

ルーフェンは弟の成熟をどう思っているだろうと、ふと気になった。皇帝として人前では豪胆に振舞っていても、真実は繊細なルーフェンが気に病まないといいが……。

そのとき、ナハトがひょこりと顔を出した。

「ヨルネス兄さま、まだですか。迎えに来ちゃった」

「お行儀が悪いですよ」

ナハトはふふ、と可愛らしく笑った。

「待ちきれなくて」

ナハトの後ろで、侍女も困ったように笑っている。この愛らしい第二皇子には、みんな甘くなってしまう。

ヨルネスは宰相に一礼すると、ナハトと一緒に部屋を出て行った。

6.

「スキダヨ、ヨル」

オウムがヨルネスの腕に留まって嘴をすりつけてくる。撫でてくれ、の合図だ。

この賢いオウムは、自分もヨルネスも同じ〝ヨル〟であることを理解している。言葉を教えればすぐに繰り返すし、うまく行動と結びつければ意味も理解する。最近では数字を見せて口に出す練習をしたら、あっという間に覚えてしまった。

ヨルネスが夕の祈りを捧げている間、「静かにしていてくださいね」と言えば、終わるまできちんと静かに待っている。オウムの世話をするようになって、鳥とはこんなに賢いものかと感心した。オウムに言葉を教えるのが、とても楽しい。

「次はお祈りも覚えましょうか」

「オイノリ、オボエル」

なんて可愛らしいのだろう。祈りの内容はわからずとも、繰り返すだけなら長文も覚えられそうだ。もしオウムが祈りの言葉を全部覚えて神殿でしゃべったら、子どもたちがびっくりしてとても喜ぶに違いない。

「また、神殿で働けたらいいのだけれど」

金竜帝の妃として召し上げられはしたけれど、神官としての自分を捨てたつもりはない。大神殿を訪れたことで、自分はやはり神官でありたいという想いが強く湧き上がった。

立場上、もう地方神官として働くことは難しいだろうが、都の大神殿ならば？

自分が大神殿で働くなどおこがましいと思っていたが、雑用でも下働きでもいい。まずは礼拝と勉強会に参加させてもらおう。護衛がついてきてしまうのは難点だが、先日のルーフェンのように平服を着て目立たないようにしてもらえば……。

考え込んでいたので、ルーフェンが帰ってきたことに気づかなかった。背後からふわりと抱きしめられ、驚いて振り向いた拍子に唇を重ねられた。

「ただいま」

一瞬で離れたルーフェンの唇が、嬉しそうに弧を描く。

「あ……、おかえりなさいませ。今日もお疲れさまでした」

ルーフェンはヨルネスを抱く腕にぎゅっと力を込めると、愛しげに頬に唇を落とした。

「あなたの部屋に訪ねていくのも心が躍る(おど)が、自分の部屋に帰ってきてあなたがいるのは、天にも昇る心地だ」

大げさな、と思うが、ルーフェンの喜ぶ顔を見ると自分も嬉しくなる。

「オカエリ、ルーフェン」

「ただいま、ヨルネ」

オウムもルーフェンに撫でられて満足そうだ。

ルーフェンの仕事が早く終わったときは、ヨルネスが自室に戻る前に帰ってくる。自分たちに子ができたら、夫婦の部屋はひとつになる。そうしたら毎日こうして子の世話をしながら帰りを待つのか……。

想像したら、胸の奥にポッと温かいものが点る。

「今日はなにをして過ごしていた？」

「ナハトに勉強を教えました。賢い子ですね、将来が楽しみです」

ルーフェンはふと眉を寄せ、ヨルネスの正面に回ると両手を取った。言いづらそうに少しためらったあと、ヨルネスの目を見る。

「あなたの行動を制限したくないが……、弟とは、できればあまり関わらないでもらいたい」

「なぜですか？」

ルーフェンは困ったような顔をした。普段はっきりとものを言う彼には珍しい。

「……個人的な感情だ」

妬いているのだろうか？　まさか、十三歳の弟と二十五歳のヨルネスの不貞を疑っているのではないと思うが。

（やはり……）

弟に先に徴が出たことで心を病んだルーフェンが、今また弟が先に竜に変容したことを気に病んでいるのかもしれない。そのナハトと自分の妃であるヨルネスが親しくなることは、ルーフェンの心情的に辛いのは理解できる。

「せっかく懐いてくれているものを無下にあしらうことはできませんが、お会いする頻度は考えたいと思います」

なにしろルーフェンの弟といえば、義理の弟といっていい関係である。無視はできない。それに、すでに神学の教師を引き受けてしまったのだ。

だがルーフェンが竜に変容できるまでは、ナハトに勉強を教えるのを週に一度程度に改め、授業後はすぐに引き上げるようにしよう。余計な心配をさせたくない。

「皇帝はあなたですよ。どっしり構えていてください」

ルーフェンの心細げな表情を見ていたら、自然に唇に口づけをしていた。ルーフェンの目が大きく見開かれる。

「あなたが……、自分からしてくれるなんて……」

呆然と言われ、ハッとした。

自分は今なにを？

「え……、あの……、あっ！」

急に抱き上げられ、オウムがばたばたと宙に飛ぶ。ルーフェンはオウムに向かって、

「ヨル、今日は遊びはおしまいだ」

と言うと、ヨルネスを抱いたまま寝室へ運んだ。ベッドに下ろし、両手をヨルネスの体の横について囲い込む。

真上から興奮で潤んだ瞳で見下ろされ、心臓がどきどきと高鳴った。

「今の口づけは、親愛のそれではないな？　恋情が伴っていた。そうだろう？」

「それ……は……」

自分の顔がみるみる赤くなっていくのがわかる。触れたのは一瞬だったのに、唇に残る感触が熱い。恋情、という言葉がじわじわと胸を侵食していく。

「あなたは同情やからかいで唇に触れる人じゃない。俺のことが好きだから……、恋情を抱いたから。そうなんだろう？」

違う、と否定できない。ルーフェンを見つめる自分の瞳も、熱で潤んでいる。

「昔、あの村にいる理由が欲しいからあなたと結婚したいのだろうと俺に言ったろう？　違う。何度考えても、ヨルのいない村とヨルのいる城なら、俺はヨルのいる城を選ぶ。あなたがいてくれたら、俺はなんでもできる。堂々とあなたを呼ぶために、俺は皇帝になった」

畳みかけるように告白され、喜びで胸が搾られてたまらない。細く息を吐きながら、かろうじて口を開いた。

「皇帝なら……、わたしより、民のことを第一にお考えください……」

ルーフェンはもどかしげに首を振った。

「考えている。〝皇帝〟としての俺はな。だが今は私人としての俺の気持ちだ。俺が皇帝を演じるには、あなたが必要だ。お願いだ。たった一度でもいい、言葉をくれ」

ルーフェンの言葉に、喜んでいる自分を自覚する。彼を支えたい、そばにいたい、……気持ちに応えたい。

「あ……」

自分の気持ちが、はっきりと輪郭を取った。

「ヨル？」

視界がぱあっと開けたような気がした。

気づいてしまえば、目の前の期待と不安に揺れる顔が、きらきらと輝いて見える。

十年前の親愛の情から、強引な真似をされても最初から嫌いにはなれなかったけれど、そういう意味で好きになるとは思わなかったのに。

たった一度でもいいというひたむきな気持ちが愛おしくて、言わずにいられなかった。

「………すき、です」

自分でも驚くほど小さな声だったけれど。

奪うように口づけられ、きつく抱かれる痛みに喜びで身悶えた。ルーフェンは激しい口づけの合間に囁く。

「もう一度言って」

きた。

「一度で……、いいと、言ったくせに……」

恥ずかしくてそう返すと、ルーフェンは額同士をすり合わせて甘えるように瞳を覗き込んで

「一度聞いたら欲が出た。愛している、ヨル。何度でも聞きたい」

率直な言葉が心地よく体に染み渡る。

ルーフェンはヨルネスの手を取り、指先に口づけた。そしてヨルネスの手のひらで自分の頬を包ませ、その上から自分の手で押さえる。碧い瞳に、真剣な光が宿った。

「何度でも求婚する。ヨル、俺の妻はあなた以外に考えていない。あなたとの子以外は欲しくない。俺の子種はすべてあなたに捧げる」

熱烈な愛にぞくぞくする。執着がこんなに心を酔わせると知らなかった。

それでも、彼には皇帝としての義務がある。

「あなたは……、皇帝です。子を生す義務があります」

「義務……、義務か。どうしても子ができなければ、皇帝は弟か弟の子に譲る。最初はただあなたを妻にしたくて、そのために子どもが欲しいと思っていた。でも今は、純粋にあなたと俺の血を分けた赤子が欲しい。あなたと本当の意味での家族になりたい。嫌か？」

もう、拒めないと悟った。

自分もこの人の子が欲しいと思ってしまったから。認めてしまえば、素直にルーフェンを好

きだという気持ちが膨れ上がった。彼に子が必要なら、自分が産めばいい。けれど。

「わたしは平民で男性オメガです。正妃の身分にはふさわしくありません。口さがなく言う人間は必ずいるでしょう」

ルーフェンは視線を厳しくした。

「身分など人間が作り出した上下に過ぎない。俺は自分自身が尊敬し、愛する人と結婚する」

今さらヨルネスが言わずとも、ルーフェンはとっくに身分違いの正妃を娶る覚悟を決めているのだ。

心地よい諦観に一度だけまぶたを閉じて浸り、自分も覚悟を決めて目を開いた。愛しい顔が真剣に自分を見つめている。しっかりと相手の目を見ながら言った。

「わたしも、あなたの子が欲しい」

「ヨル！」

情熱的な口づけを、自分も唇を開いて受け入れる。

いつも好きに貪られるばかりだった口づけに、舌を絡めて応えた。ルーフェンの興奮がどんどん増していく。

「ヨル……、ヨル……、信じられない、あなたが応えてくれている……。これはいつもの夢か、だったら覚めないでくれ……！」

ルーフェンの熱い手が喜びに震えながらヨルネスの衣を解く。高い体温に、彼の興奮の度合いが知れる。

胸粒にむしゃぶりつかれ、ヨルネスの唇から甘い吐息が漏れた。

「あ……、そんな……、激しく……」

吸いつき、甘噛みし、激しく舌で嬲る。仔犬のように全身で喜びを発散するルーフェンを、心地よく受け止めて浸った。

（可愛い……）

自分よりずっと大きな体を持つ男に抱く感情ではないが、どうしてもそう思ってしまう。ヨルネスの愛を求める一途な姿が、たまらなく可愛い。体中が甘酸っぱい感覚で溢れている。

ルーフェンはヨルネスの衣服を性急に脱がすと、自身の服も破り捨てるような勢いで剥ぎ取った。求められていると思うとヨルネスの体も昂ぶる。

「ヨル……！」

裸になって抱き合うと、より肌の熱さがわかる。すでにそそり立ったルーフェンの男根が、ごりっとヨルネスの雄とぶつかった。

「触ってくれと言ったら、怒るか……？」

おそるおそる尋ねてくるのに優越感を刺激されて、心にもない意地悪を言ってみたくなる。

「いきなりですか。欲張りですね」

「い、いや……！　無理ならいい！　抱かせてくれるだけで充分だ！」

どうしよう。慌てる様子が可愛くて、可愛くて。

好きな子を虐める子どもの気持ちがわかった。でも自分は大人だから、素直に愛情を表現することが大事だと知っている。

「ごめんなさい、あなたが愛しくて意地悪を言いました。……上手にはできませんが」

手を伸ばし、ルーフェンの肉茎を握る。

「は……、っ」

ルーフェンが頬を上気させ、体を折り曲げる。

初めて触れるルーフェンの雄は、信じられないほど熱く、硬い。鉄の棒のようなのにみっちりと血が詰まっているのがわかって、生命の脈動を感じさせる。

少し湿った手触りも、ずっしりとした重さも、すべてがヨルネスを欲していて愛おしい。

ぎこちなく擦り上げると、手の中の肉がびくびくと動いた。

「信じられない……、あなたが……、俺の……。ヨル……、ヨル、ヨル、愛している……」

うわごとのようにヨルネスの名を繰り返す。快感のあまり、ヨルネスの口中を不器用に舐め回すだけの口づけになっているのが、逆に巧みな舌遣いより興奮した。まだ触れられてもいない後孔が、男根の質感を直に感じたことで蠢き始めている。

ルーフェンの雄の先端から、透明な温かい体液がとろとろと零れてヨルネスの指を濡らしている。滑りがよくなって、官能的な匂いが立ち上った。真っ赤に熟れて開ききった亀頭の冠がひくひくと震え――――。

「……っ、だめだ……！」

ヨルネスの手ごとぎゅっと握られ、動きを止められた。もうすぐ達しそうだったのに。

「あなたに触れられていると思うと興奮しすぎて、出てしまいそうだ」

「いいのに」

ルーフェンは駄々っ子のように首を振った。

「嫌だ。俺の子種は全部あなたの中に出したい」

直截（ちょくせつ）な言葉に頬が赤くなる。熱い飛沫（しぶき）で濡らされる感触を知っているオメガの器官が、種を欲しがってきゅうっと収縮した。

甘い蜜液の香りが、ヨルネスの脚の間から漂い出す。わかりやすい欲情の匂いに誘われ、ルーフェンがごくりとのどを鳴らした。

「すまない、ヨル。すぐに欲しい」

ルーフェンの指が性急にヨルネスの肉襞を探る。

「ん……っ」

いきなり指が潜り込んできても、そこは従順に受け入れた。

「すごい……。いつもより濡れて、とてもやわらかい……」

毎夜抱かれている体はすっかり受け入れることに慣れているけれど、恋を自覚した今日はなおさら感度が跳ね上がった。腰奥から熱い蜜液が泉のように溢れてくる。

　蜜液の滑りを借りて、ルーフェンが二本の指で肉孔をかき混ぜた。

「んあっ……、あ、あ、あ……」

　肉道の前壁の膨らみを責め立てられれば、ルーフェンの指を伝ってシーツに滴り落ちるほどの蜜液が零れる。頭の芯が焼き切れそうなほど感じて、自然に腰が揺れた。

「あなたが快感を求めてくれてる……。やっと愛し合える……」

　感極まった声を聞いて、もっともっと喜ばせたくなった。想いを自覚したからには、ヨルネスも愛情を表現することを厭わない。与えられるばかりでなく、自分からも愛を表し、深めていきたい。

「指を……、抜いてください……」

「嫌だったか？　焦りすぎて痛くしたか？」

　不安げになったルーフェンに上体を起こして口づけ、そのままルーフェンの肩を押してベッドに仰向けに倒した。

「ヨル……？」

　戸惑うルーフェンの体に跨がり、顔の横に手をついて見つめ合った。ヨルネスの長い黒髪が、ルーフェンの首筋や肩にさらりと落ちる。いつもと逆の体勢で見下ろすルーフェンが新鮮だ。征服欲が、自分の中の男の部分を刺激する。

熱で乾いた唇を舌で湿し、臍まで硬く反り返ったルーフェンの肉棒に手を添えて垂直に起こした。自分の後蕾に当て……。

「ん……、ぁ、ぁ、ぁぁ………っ」

腰を落としていくと、ぐずぐずに濡れそぼった肉環を熱い楔がこじ開けていく。

自分で受け入れる雄は、されるより大きく感じる。いや、実際大きいのかもしれない。ヨルネスの大胆な行為に、ルーフェンが目を細めて快楽に耐える表情をしている。

開ききった亀頭が自分の内側を押し広げる感覚に背筋がぞくぞくした。震える腿と膝になんとか力を込めて、ゆっくり呑み込んでいく。痛みと快感が同時に襲いかかり、腰が砕けそうだ。

「気持ちいい……、ですか……？」

甘く息をついたルーフェンが、うっとりとした声で呟く。

「どこまで俺を夢中にさせるんだ、あなたは……」

痛みと快楽と、好きな人を喜ばせているという幸せでほほ笑むヨルネスの目に、涙が盛り上がった。

「愛しています、ルーフェン……」

ルーフェンが目を見開いたかと思うと、がばりと起き上がってヨルネスを抱きしめた。

ずん！　と最奥までルーフェンの雄がヨルネスの内側を貫き通す。

「あああっ……！」

視界が白色に弾けて、一瞬意識が飛んだ。

「ヨル、ヨル、ヨル……っ！　許せ……！」

抱きすくめられたままのめちゃくちゃな突き上げに、ヨルネスの頭の中で火花が弾ける。あまりの快楽に、オメガの子宮とアルファの亀頭が激しく口づけているような錯覚に陥った。

「あああああ、あああ……っ！」

自分の深い部分がルーフェンの精の出口に吸いつき、搾り上げようとぎゅうと引き締まる。

「う、く……っ、ヨルっ……！」

「あぁぁぁぁぁぁ………っ！」

痙攣して仰け反る体をきつく抱きしめられたまま、自身の最奥が美味そうにごくごくと子種を飲み干していく陶酔にたゆたった。

初めてルーフェンの部屋で夜を過ごし、目覚めてから二人、幸せで自然に笑い合った。ルーフェンはヨルネスを抱き寄せて、髪を撫でながら愛しげに額同士をこすりつける。

「起きて夢だったらどうしようと思った」

「心配性ですね」

「こんな夢を、何度も見ていたから」

安心させたくて、指先を絡め合わせながら唇を触れ合わせた。すぐに深い口づけに変わり、ルーフェンの後ろ頭に手を回して自分に引き寄せながら舌を味わう。

「ルーフェン……」

「もっと呼んでくれ」

昨夜も何度もねだられ、そのたびに名を呼んだ。そして呼ぶたびにルーフェンの雄が力強く漲（みなぎ）り、ヨルネスがおかしくなるほど腰壺をかき混ぜられた。最後の方は快感に塗（まみ）れすぎてなにも考えられず、ねだられているのか自分がルーフェンの雄をねだっているのかわからなくなったほどだ。

口づけていれば、素肌が触れてどんどん体が熱くなっていく。すでに滾（たぎ）った雄で下腹をこすられ、ヨルネスは引き合いたがる唇を離した。

「昨夜たくさんしたでしょう。もう無理です」

最奥を濡らされる快感に何度も打ち震えた。いつも一度でヨルネスを解放していたのは、ルーフェンが遠慮していたからなのだと、昨夜初めて知った。それでもたっぷりとヨルネスの中に注ぎきって、なかなか抜きたがらないのは毎晩のことだったが。

「あなたとなら三日三晩でも抱き続けられるし、できるならそうしたい」

「わたしはあなたほど若くもないし体力もありません」

壊れてしまう。

残念そうにするルーフェンは、どうぞと言ったら本気でやりかねない。

「じゃあ、ヨルからの口づけだけ」

少年時代から政務でも手腕を振るっていた金竜帝が甘えられるのが自分だけだと思うと、心地いい。

からかうつもりはなかったが、愛しさのあまり額に唇を置いた。

一瞬呆けたようなルーフェンの顔に、じわじわと笑みが広がっていく。

「なんだかあなたに翻弄されてばかりだ」

嬉しそうにヨルネスに覆い被さり、笑いながら口づける。ヨルネスも笑ってそれに応えた。

「そんなことをしていますか」

「昨夜だって、積極的で情熱的なあなたに我を忘れさせられた。素晴らしい夜だった。あなたに愛されるのは、こんなにも幸せなんだな」

手放しで喜ぶルーフェンに、愛しさが降り積もっていく。

「わたしも幸せです」

溺れそうなほど甘い空気を振り切るのは気が引けるが、ヨルネスは最後にルーフェンの頬を撫でると体を起こした。

「祈りの時間が近いので、体を清めてきます」

情事の余韻の残る体で、神に祈りを捧げるわけにはいかない。身を清め、服を着なければ。大きなベッドから床に移動しようと、両膝をついた瞬間にがくりと沈み込んだ。

「あっ……！」

覆い被さるようにルーフェンの胸の上に倒れ込んでしまい、なにが起こったかわからず目を瞬いた。

ルーフェンはくすくす笑うと、ヨルネスの腕をつかんで引き上げた。

「昨夜はずいぶん無理をさせたから、あなたの足腰から力を奪ってしまったようだ」

カッ、とヨルネスの頬が赤くなる。

まさか、性交が激しすぎると脚に力が入らなくなるなんて！

「横になって待っていてくれ。水を持ってくるから。絞ったタオルで体を拭おう」

ヨルネスの体に毛布をかけ、ルーフェンはリネンのローブを纏って水風呂のある部屋へと歩いて行った。使用人を呼ばず、皇帝自ら動くところに大切にされていると感じる。

羞恥も手伝って毛布の中で横を向いて体を丸めると、昨夜注がれたルーフェンの精の残滓がとろりと滲み出てきた。

「あ……」

腰が重だるく、心地いい痺れで覆われている。日課を崩すのは嫌だが、今日は祈りのあとの運動は無理かもしれない。

ベッドに残るルーフェンの温もりに頬ずりしながら、この人のそばで生きて行こうと決めた。

ヴェルナー宰相に面会の申し入れをし、叶ったのは数日後だった。

前回と同じように応接室に向かい合わせに座り、ヨルネスは凛と背筋を伸ばした。そして懐から取り出した発情抑制薬の袋をテーブルに置く。

「こちらの薬をお返しいたします」

宰相は太い眉毛を片方だけ上げてヨルネスを睨めつけた。

「どういう意味ですかな？」

「わたしは金竜帝ルーフェン陛下と相愛の関係になりました。ですので、この薬はもう必要ありません」

宰相の目が険しくなる。

「それは、陛下の子を身ごもる気になったとおっしゃっているのか」

「はい」

きっぱりと、宰相の目を見返しながら言う。

ルーフェンの愛情を受け入れ、自分も彼を愛すると決めた以上、発情を抑える必要はない。

互いが求める家族になるために、彼の子が欲しいから。

馬鹿正直に宰相に薬を返す必要はないのかもしれない。こっそりと捨てて、なに喰わぬ顔でルーフェンの子を身ごもって既成事実を作る方が反対する隙もないだろう。

しかし子を作らないことに同意しておいて、翻意したことを伝えないのは意図的に嘘を吐くも同然である。それはヨルネスの信条に反する。

「以前は正妃の地位に興味がないとおっしゃっていたくせに、やはり欲が出ましたか」

そう取られても仕方がないとは思っている。

「信じていただけるかはわかりませんが、わたしは正妃の地位が欲しくなったわけではありません。ただ陛下と愛し合い、家族になりたいと気持ちを通わせました。陛下が仮に平民であってもこの思いは変わりませんが、それを欲とおっしゃるのならそうなのでしょう」

宰相はぎりりと奥歯を噛んだ。

「口ではなんとでも言えますな。辺鄙な村の一神官と違って、ここは贅沢三昧で楽に暮らせるでしょう」

「暮らし向きの話でしたら、わたしはいつ村での生活に戻っても問題ありません」

むしろルーフェンと一緒に田舎で暮らせるなら、それに越したことはない。幸福な家庭が築けるだろう。だがルーフェンは皇帝としての責務を捨てられない。

だったら、ルーフェンがヨルネスのいない田舎の生活よりヨルネスのいる城を選ぶと言ったように、自分も村より彼のいる城を選ぶ。ただそれだけだ。

ヨルネスは立ち上がると、宰相に向かって深々と頭を下げた。

「前言を撤回する形になり、誠に申し訳ございません。用件はこれだけです」

顔を上げると、踵を返して出口に向かう。

ヨルネスの背に、宰相の苦々しい声がかかった。

「心変わり、というわけですか。情に流されやすいオメガらしい。しかしあなたはよくとも、皇帝としての陛下のお立場をどう思われる。年上の男性オメガが妻などと、国民はおろか周辺諸国でも笑いものですぞ！」

胸が剣で刺されたように痛んだ。

わかっている。自分の存在が皇帝としてのルーフェンの足を引っ張るものでしかないことなど。そんなことは自分だって考えた。薬を返す前に何度も自問し、そのたび同じ結論に達した。

「真に陛下を愛しているとおっしゃるならば、身を引くことでその証が立てられるのではありませんか。なに、姿をくらますなら、この私が手引きいたします。一度はあなたを手に入れ、袖にされたのなら陛下も諦めがつくでしょう」

宰相はヨルネスに言い聞かせるように、最後は猫撫で声にまでなった。

ヨルネスはゆっくり振り向くと、これだけは確信を持って言った。

「あなたさまは陛下の情熱の強さを知りません。わたしが姿を消しても、陛下は決して諦めないでしょう」

宰相はぎらりと目を光らせてルーフェンを睨んだ。

「周囲の誹り(そし)は覚悟しております。もちろん陛下も」

平民で、年上のオメガ男性。誰にも祝福してもらえないかもしれない。それでも、ルーフェンの近くにいたい。

自分だけの想いなら、恋心に蓋をしてルーフェンの前から去っただろう。本当なら、彼は皇帝を〝演じる〟ために有利な結婚をすべきである。けれど、神の名のもとに愛し合う恋人同士の婚姻を認める立場の神官が、愛をねじ曲げてまで他者との婚姻を勧めることはできない。双方が愛し合っている。ただその事実だけが、神官にとって必要な婚姻の条件だ。たとえそれが皇帝であっても。

「失礼いたします」

もう宰相を振り向かずに、ヨルネスは応接室を出た。

キュルルル……、とオウムのヨルがのどで鳴く。

「はいはい、お芋を食べましょうね」

好物の茹でた芋を、オウムは大きな嘴で美味そうに食べる。食べすぎでない分量を与えてから、オウムが飽きるまで遊んだ。

「ヨル、ダイスキ。ヨル、ダイスキ。アイシテル！」

この言葉をルーフェンがオウムに語りかけて覚えてしまったのかと思うと、くすぐったい気持ちになる。オウムの首を撫でながら、返事をした。

「わたしもあなたを愛していますよ、ルーフェン」

心で思うだけより、声にするとより想いが自分の中に染みこんで確かなものになっていく。ルーフェンがオウムに語りかける気持ちがわかった。

「お祈りもいいけど、歌を教えるのも楽しそうですね」

遊び疲れてうつらうつらし始めたオウムをやさしく撫でながら、小さな声で歌う。音楽は同じ言葉の繰り返しが多く、韻を踏んでいるから覚えやすいかもしれない。

歌っていると、急いだ足取りでルーフェンが帰ってきた。

「おかえりなさいませ」

「ただいま」

言うなりヨルネスを抱きしめ、何日も会っていなかったように熱く口づける。ヨルネスはしなやかに体をすり寄せ、自分から舌を差し出した。

ひとしきり互いを味わうと、唇を離して間近で見つめ合う。

「まだ夢の続きにいるようだ」

「そう思うなら、夢じゃないことを確かめてみますか」

自分がこんな誘い文句を口に出すようになるとは思わなかった。

ルーフェンに抱き上げられ、ベッドまでの間にも幾度も口づけを交わす。ベッドにヨルネスを下ろしたルーフェンが、ふと思い出したように言った。

「そうだ。ナハトが成熟した祝いをすることにした。その式典に、ヨルも神官として参加してもらいたい」

「え？」

ルーフェンは愛しげにヨルネスの髪を撫でた。

「大神殿で活き活きとしているヨルを見て、やはりあなたは神官でいるのが似合うと思った。もちろん花嫁としてのヨルを手放すつもりはないが、妃が仕事を持ってもおかしくないだろう？　毎日通うというわけにはいかないが、日曜だけでも大神殿で神官として働くというのはどうだろう」

日曜は礼拝や布教、慈善活動などが行われ、神殿はもっとも忙しい曜日である。きっと自分でもなにかの手助けができる。

「いいんですか？」

「ああ。あなたが昔、叶うなら都で勉強をしてみたいと言っていたことを覚えている」

十年も前に、ちらりと漏らした言葉をルーフェンは覚えている。甘い感動がひたひたとヨルネスの心を満たしていく。

「まずは式典で俺とナハト、大神官の乗った輿につき添う神官たちに加わってもらう。妃として参加するわけではないから、輿には乗れず歩いてもらうことになるが……」

「もちろんです、構いません！」

神官としての仕事ができる！

しかも皇族の祝賀行列という晴れやかな式典に参加できるのだ。文句などあろうはずがない。

だが……。

「でも、いいのですか？　先にナハトさまのお祝いをしても」

ヴェルナー宰相も、ルーフェンの成熟を待って一緒に祝うつもりだと言っていた。弟に先を越されてルーフェンは辛くないのだろうか。

ルーフェンはほほ笑んで、ヨルネスの唇に指の背でちょんと触れた。

「どっしり構える皇帝は、そんな器の小さいことを言わないものだろう？」

ヨルネスは頬を赤くした。

「正直、悔しさがないわけではない。でもあなたといると、年齢なんて些末なことに思えるんだ。俺もいずれ変容できるだろうと気楽に考えられる。めでたいから祝う、それでいい」

ルーフェンの言い方をするなら、器の大きな人だ。

普通は理性でそう思っていても、納得できるものではない。ましてや行動に移すのは難しい。

「あなたを尊敬します、ルーフェン」

自分の選んだ人がルーフェンでよかったと、心から思いながら口づけた。


式典はヨルネスが驚くほどすぐに催(もよお)された。

皇族はいつ変容してもいいように、徴が出た時点で式典の準備を始めるという。徴が出れば、何色のどんな獣に変容するかわかるからだ。

大神殿で式典を行ったあと、城までの道を祝賀行列を作って練り歩く。大神殿の聖堂では、蝋燭の炎をつけるという小さな仕事だが神官として参加させてもらい、ヨルネスの胸は感動で満ちた。

皇族を表す真紅の生地に黒竜が刺繍された旗を掲げ、大きな輿に皇帝であるルーフェン、ナハト、そして大神官が乗る。三人が乗った輿の後ろに神官たちが行列を作り、さらに花びらと祝い菓子を積んだ馬車が続く。馬車からは沿道に集まる人々に向かって花と菓子が投げられた。

周囲はきらびやかな式服に身を包んだ兵士たちが警護している。

「皇帝陛下、ナハト皇子に栄えあれ!」

「ナハト皇子、おめでとうございます！」

沿道から口々に祝いの言葉が投げられ、ルーフェンとナハトが手を振ってそれに応えた。輿の先頭に主役であるナハトと大神官が、少し下がってルーフェンという位置である。

本来下位の神官であるヨルネスは行列のいちばん後ろに並ぶものだが、警護の必要上、輿のすぐ後ろを歩いている。そこだけは特別扱いで心苦しいが、ヨルネスは妃でもあるので仕方がない。

だがそのおかげで、見上げればすぐにルーフェンの姿が見えた。

自分が変容できていないにも拘らず弟の成熟を祝い、式典を開いたルーフェンへは「心の広い皇帝だ」という声がいたるところで聞こえた。ルーフェンへの評価は、むしろ上がったと言っていい。小さな揶揄の声は、大きな賞賛に呑まれてしまった。

ヨルネスは誇らしい気持ちでルーフェンの背を眺める。

と、そのとき。

「いい気なものだな、男オメガが」

隣でぼそっと呟かれ、どきりとして横を向いた。ヨルネスのすぐ隣にいる三十代くらいの高位神官が、顔は前方に向けたまま横目で嫌悪感を丸出しにしてヨルネスを見ている。背中に冷水を浴びせられたような気がした。

この神官は確か、上流貴族の息子のはずだ。大神殿の高位神官の中には、彼のように貴族の第二子以下の息子が何人かいる。

ヨルネスは黙って前を向き、男の言葉に反応しないようにした。この程度の嫌みは覚悟の上である。

男は、二人ひと組で並んで歩くヨルネスにしか聞こえないような声で続けた。

「おまえがいなきゃ、私の妹も妃として後宮に上がっていたのに。下位神官が、どうやって皇帝と知り合ったんだ。どうせ食うに困って体を売りでもしたんだろう。オメガの誘惑香を垂れ流して誑(たぶら)かしたのか」

屈辱に奥歯を噛んだとき、突然輿から飛び降りたルーフェンが目の前に立った。男はぎょっとして一歩後ずさる。

ルーフェンはヨルネスと男の間に立ち、燃えるような目で男を睨みつけた。

「俺の花嫁を侮辱することは許さない。俺への侮辱も同然と思ってもらおう」

静かな声だが、全身から怒りの空気を発している。ヨルネスですら肌を粟立たせた。

男は一瞬で紙のように顔色を失い、のどをひくつかせて震えだした。

「ひ……、あ、あの……、お、お耳に入ると、思わなくて……」

アルファの身体能力は、一般人より高い。視力も嗅覚も聴力も、普通の人間よりずっと鋭いのだ。ヨルネス以外には届かなかったはずの男の声が、すぐ上の輿にいたルーフェンには聞こえてしまったのだろう。

「どうしました」

警護の兵士が慌てて駆けてくる。ルーフェンはすでになんでもない顔をして、足もとからなにかを拾う真似をした。

「いや、大事な飾りを落としてしまっただけだ。行進を止めてすまない」

兵士は今にも倒れそうな男とルーフェンを見て訝しげな顔をしたが、一礼するともとの場所に戻っていった。

ルーフェンはヨルネスにほほ笑みかけると、身軽に輿に上がり直した。戻り際、一瞬だけヨルネスの指に触れていったルーフェンに、胸が熱くなる。

(守ってくれている)

ルーフェンの感触の残る指を胸の前でぎゅっと握り、ヨルネスはしっかりと前を向いて歩き出した。隣を歩く男のことは、もう気にならなかった。

「では、本日の授業はここまでとします。次の授業までに、第三章の内容を読んでおいてくださいね」

ヨルネスは神学の書を閉じると、ナハトに言って席を立った。勉強を教えるときは神官服を着ることにしている。その方が神官で教師という自分の立場をしっかり示せるからだ。

「ヨルネス兄さま、もう帰っちゃうの？」

ナハトは大きな碧い瞳をヨルネスに向け、寂しそうな顔をする。

「申し訳ありません。最近お世話をさせていただいているオウムが寂しがりなので、しばらくは早く帰ってあげないといけません」

ヨルネスは神官という立場上、嘘は言わない。いちばんの理由はルーフェンが気にするからだが、それを言うつもりはない。オウムが寂しがりなのは本当だ。早く帰れば、そのぶんたくさん遊んであげられる。

「この間も、早く帰っちゃったのに……」

しゅん、と眉尻を下げるナハトに、心が痛む。

城内には使用人の少年少女はいるが、ナハトの身分で気軽に仲よくできるような貴族の子女はいない。パーティーや、きちんと遊びに誘って時間を取らないと、なかなかおしゃべりもできないのである。

せいぜいが気心の知れた側仕えだが、どうしても相手は発言を控えてしまうのでナハトにはもの足りないらしい。

少年時代のルーフェンと同じくらいの勉強量をこなすナハトには、ヨルネスの存在がいい息抜きになっているのだ。

「じゃあ、お茶だけ。ゲームやお散歩は我慢しますから。いいでしょう、兄さま？　兄さまと食べようと思って、美味しいお菓子を取り寄せてあるんです」

ここまで言われたら断れない。

「では一杯だけいただきます」

可愛い弟のおねだりに負けて腰を下ろすと、ナハトの表情が輝く。本当に甘え方が上手だ。

「ね、ヨルネス兄さま、今日香水かなにかつけてますか？　ふんわり甘くていい匂いがするんですけど」

「いいえ、特になにも」

部屋で香を焚いたりもしていない。

「そう？　じゃあぼくの気のせいかな」

ナハトは可愛らしく首を傾げ、もうそのことは忘れたように侍女にお茶を頼んだ。

お茶が運ばれ、ナハトのおしゃべりに耳を傾ける。最近は竜に変容する練習をしているとか、伯爵家に招かれたパーティーでちょっと気になる可愛い女の子がいたのだとか。

「遠乗りや行楽に誘ってみたらいかがですか」

「でも少し年上に見えたんですよね。年下でも相手にしてもらえるかなぁ」

「あなたに声をかけられて喜ばない女性がいるとは思えませんが」

社交辞令でなく、そう思う。

少々年下であろうと、皇子であるということを抜きにしても、物腰丁寧で人懐こい雰囲気を持ち、一緒にいたら明るい気持ちになれるナハトは魅力的だろう。

「ヨルネス兄さまにそう言ってもらえると、自信持っちゃいます」

自分にはそういった少年時代の恋愛のときめきはなかったから、ナハトの少年らしさがまぶしい。

一杯だけという約束で、ゆっくりお茶を飲んで菓子をつまんだ。せっかくヨルネスのために用意してくれたのに、無駄にするのは申し訳ないと思って。

「もうひとついかがですか、兄さま」

菓子のおかわりを勧められて初めて、いつの間にか部屋の隅に控えていたはずの侍女がいなくなっていて、ナハトと二人きりであることに気づく。

いくら年齢差のある義理の弟とはいえ、オメガがアルファと二人きりになるのはまずい。しかもナハトは竜に変容できる、成熟したアルファなのだ。人目のない時間が長くなれば不貞を疑われても仕方のない状況になる。

「ナハト。申し訳ありませんが、今日はこれで帰らせていただきます」

立ち上がると、くらりと目が回った。

「……？」

額を押さえてテーブルに手をつく。急いでテーブルを回り込んだナハトが、ヨルネスの体を支えた。

「大丈夫ですか、兄さま」

おかしい。視界がぐらぐら揺れる。いや、揺れているのは地面なのか……？　足もとがふわふわする。

「え……、ええ……、ありがとう……。でも、手を……離してください……」

アルファに不用意に触れてはいけない。

「とても具合が悪そうですよ。もう少し休んでいったらいかがですか」

「部屋に……、戻ります……」

急速に体が重くなっていき、思考が沈むように黒い闇に呑まれていく。なんだこれは？　なにが起こっている？

「どうしてぼくを避けるんですか？　ぼくがアルファだから？」

ナハトの声が、遠くから聞こえる気がする。まだヨルネスの体を支えているのに。

「知ってるよ。兄上に、ぼくに近づくなって言われたんでしょう。ぼくが……、皇位を狙っているから」

え？

思わずナハトの顔を見る。ナハトは変わらず、人懐こそうな笑みを浮かべていた。

「兄上の前ではそんな素振り、見せたことなかったんだけどなぁ。さすが兄上は人を見る目があるよね、隠しててもわかっちゃうんだもん」

　どんどん意識が闇に向かって引っ張られていく。

「現皇帝がいなくなれば、どうしたって次はぼく。ごめんね、ヨルネス兄さまのことは好きだけど、兄上と一緒に消えてもらうしかないんだ。ねえ、兄上と添い遂げたいんだよね。協力するから」

　ずるり、と力の抜けた体が床に倒れ込んだ。

　意識が塗りつぶされる直前、ナハトの明るい笑い声が聞こえた。

7.

――――……体が痛い。

全身が痛くて、頭がひどく重だるい。いつものやわらかいベッドでも、冷たい板張りの床でもない。ここは……。

手をついて体を起こそうとしたが動かず、ヨルネスはなんとか重いまぶたを押し上げた。

「……ここは？」

視界に映るのは、ごつごつとした岩肌だった。どうりで痛いと思ったら、自分は岩の上に横向きに倒れている。高い場所らしく、冷たい風が頬をなぶった。

寝転がるヨルネスの顔を、ナハトが覗き込む。

「あれ、もう目が覚めました？　意外と早かったですね。あんまり量飲まなかったからかな。でも運んでる間は寝ててくれたから、それで充分」

「ナハト……？」

ナハトはいつも通り、人懐こい笑顔を見せた。

「ごめんなさい、ヨルネス兄さま。お茶とお菓子にお薬を仕込んだんです。あ、毒じゃないですよ。眠くなるだけ」

ナハトの邪気のない表情と言っている内容が噛み合わず、意味が咀嚼できない。そして額に手をやろうとしてやっと、自分が後ろ手に縛られていることに気づいて愕然とする。

「なんで……」

「薬のせいで頭ぼんやりしちゃいますよね。さっきも言ったんですけど、ぼく、皇帝になるつもりなんです」

さあっと先ほどの記憶がよみがえってきた。

勉強のあとにお茶を飲んで、いつの間にか二人きりになっていて、帰ろうと立ち上がったら目眩がした。

眠気と判断できないほど急速に意識が遠ざかって、気を失う前に聞いた言葉は……。

――ぼくに近づくなって言われたんでしょう。ぼくが……、皇位を狙っているから。

「皇位を狙っている……？」

ナハトはにこっと笑った。

「思い出してくれました？　兄上、ぼくが皇位を狙っているのを薄々気づいてたみたいで、ヨルネス兄さまを遠ざけようとしてたみたい。もちろん表立ってそんな動きは見せてないから、兄上も確信はなかったでしょうけど」

ルーフェンは、個人的な理由でナハトに近づいて欲しくないと言っていた。まだ竜に変容できないルーフェンの自尊心が傷つくからだと思っていたが、そんな浅い理由ではなかった！

ルーフェンは弟の感情を敏感に察し、ヨルネスを危険から遠ざけようとした。けれど、確信がないから強くも言えず……。それなのに自分は、よく考えもせずルーフェンの言葉に背いてナハトの部屋に残ってしまった。

自分の浅慮に歯噛みする。けれどどうして、この純粋そうに見える少年がそんなことを考えていると疑えるだろう。

「あなたは……、ルーフェンのことを話すときには、本当に憧れているように熱心に話していました」

兄はなんでもできて、かっこいいのだと。

ナハトは突然笑顔を消すと、怒りとも憎しみともつかない色を瞳に宿した。

「憧れていますよ。兄上は本当に優秀で、ぼくなんか比べものにならない。そう、周囲も教師たちも言っています。ぼくの年には、もう政務に口を出していましたから。決定的だったのは、ほら、五年前に天候不良で作物がぜんぜん穫れないことがあったでしょう？　あの冬、兄上が前々から長期保存できる芋を備蓄することを熱心に進めていたおかげで、農民や下働きでも餓死者がとても少なかったんですって。どこで仕入れた知識か、芋を食べてしのげばいいって。芋なんて安価で貧しい食材、誰も見向きもしなかったのに」

この国がまだ豊かではなかった時代の冬を、農民たちは痩せた土地でも育てやすく手に入りやすい芋を食べて乗り越えた。そんな雑談を、ルーフェンはちゃんと活かしていた。

「兄上はもともと優秀だったけど、それからは周囲の見る目が一段と変わりました。大臣のように会議に出て、積極的に改革を提案し、いくつかについて実現しました。提案だけじゃなくて実行力もあって、即位前からすっかり皇帝のようでした」

それだけできる少年は、歴史上でも稀だろう。

ナハトは自嘲するように笑った。

「父上は一度もぼくなんか見ていませんでした。父の翠竜帝にとってすら、ぼくは〝息子〟で兄上は〝神童〟だったんですからね。知ってますか、うろこが広がるときは太い針で刺されるみたいに痛くて、熱も出るんです。一度兄上みたいに立派なうろこが欲しくて我慢しましたけど、すぐに音を上げて薬を塗ってもらいました」

アルファの徴を模して、普通の人間が彫りものを入れることがある。小刀で肌に傷をつけ、植物から採った染料を入れて模様を作るのだ。激痛と発熱を伴うという。アルファの徴が広がるのは、同等の痛みだと聞く。

「憧れてたんです、ずっと。兄上みたいになりたいって頑張りました。でも、差は開く一方なんですよね。兄上が自慢で、なのに周囲に比べられると兄上が優秀すぎるのがいけないんだって思って、だんだん兄上のことが好きなのか憎いのかわからなくなってしまいました」

この子はルーフェンが好きなのだ。好きで好きでたまらないからルーフェンのようになりたいと願い、叶わないから憎しみに転じてしまった。

兄に追いつけない自分への失望、周囲の期待すら兄ほどもらえない劣等感は、察するに余りある。

「あなたとルーフェンは別の人間です。比べるものではありません」

「理屈はそうでしょうね。でも兄弟だから周囲は比べます。ぼく自身もですけど」

人間は期待する生きものだ。ひとつ満たされれば次もとなる。そしてより完璧な姿を求められていったのが、皇帝であるルーフェン。そして完璧に近い姿を持ったルーフェンと同じだけのものを期待されるのが、弟であるナハト。

誰かが比べたりしなければ、ナハトはのびのびと兄を愛していられただろうに。

「兄上の方が皇帝にふさわしい。そんなことわかってます。でもなぜでしょうね、あんなに見た目も資質もアルファそのものなのに、徴が出るのも遅ければ、竜に変容もできない」

「成熟の速度は人によって違います。もしも竜に変容できなかったとしても、ルーフェンの中味は変わりません」

「神官さまはそうおっしゃるでしょうね。みんながそう思ってくれればいいんですけど」

実際はそう思わない人の方が多い。それはまだ十三歳のナハトもひしひしと感じていることだ。だから十歳の頃のルーフェンも心がついていかずに一旦はこじれてしまった。

「ぼくが唯一兄上より優れている点、それがアルファとしての成熟の早さなんです。でも皇帝にとって、いちばん大事なことでしょう?」

本来の資質とはまったく無関係でありながら、獣への変容は決定的な価値を持つ。変容できる。ただその一点が、飛び抜けた美貌や闘神のごとき強い肉体と同じように、強烈に人々を惹きつける才能なのだ。上に立つ人間は、人々を惹きつけ統率する力を持たねばならない。

「あんなに憧れてたのに、兄上は竜になれない。その上、男性オメガなんて妻にしようとしている」

どき、と心臓が鳴った。

ナハトは地面に寝転がるヨルネスの前に片膝をついて顔を覗き込んだ。

「ああ、ごめんなさい。ヨルネス兄さまのことは好きですよ。とってもきれいで知性も品性もあって、人間として尊敬しています。それに湖で助けてくれて感謝しています。でもわかりますよね？　皇帝の妻として、男性オメガが瑕疵にしかならないのは」

「だから……、わたしを消そうというのですか……」

この状況で、ただ追い出されるとは思いにくい。目覚めてからちらちらと周囲を確認した限り、城の上部であろう。

こんなところに連れてくる理由はひとつ。……ここから突き落とす気だ。

ナハトは心から残念そうな顔をした。

「本当は、ヨルネス兄さまとは仲よくしたかったんですよ。兄上が夢中なだけあって素晴らしい人だし、友達になれると思ってました。兄上亡きあとも家庭教師として城に残ってもらってもいいなって思ってたのに、ヴェルナーがあなたは気が強くて扱いにくいというから……。こうなった以上は、口を封じるしかありませんね。もったいないな、こんなに素敵な人じゃなければよかったのに。あ、でもそうじゃなかったら、兄上が執着しないのか」

　ヴェルナー？　それは、宰相の名では。

　と思ったとき、

「ナハト！　ヨルから離れろ！」

　轟音のような怒鳴り声にびくっと体を震わせた。

　声のした方に視線をずらすと、二十段ほどの階段下にある出入り口から、ルーフェンとヴェルナー宰相が出て来たところだった。

　ナハトは笑みを浮かべたまま立ち上がると、片足を軽くヨルネスの肩に載せた。

「そこから動かないで、兄上。一歩でも動いたら、ヨルネス兄さまをここから蹴り落とすから」

　言われて、自分がかなりぎりぎりの位置に寝かされていることを知った。背中を通る風にゾッとする。

　ルーフェンは冷静にナハトを見据(みす)えた。

「おまえの望みは皇位だろう。だが一旦即位したものを、そう簡単に譲ることはできない」

「竜に変容できるぼくの方が、アルファとしては優れているのにね。兄上より先に生まれてたら、なんの問題もなかったのに」

仮に翠竜帝が亡くなった時点でナハトが竜に変容できていれば、七つの年の差をひっくり返して即位していたかもしれない。しかし現実に、今の皇帝はルーフェンなのだ。

「だから……、兄上がいなくなればいいんだよ。そうしたらぼくが即位するしかなくなる」

飛び降りろ、と暗に命令している。

ここが天辺だとして、巨岩の高さはおよそ五十ヤード。飛び降りたらまず助からない。城では足を滑らせて落下する人間が数年に一人はいるという。もしルーフェンがここで命を落としても、ナハトやヴェルナーに不幸な事故だと証言されれば、それが通ってしまうだろう。

「ナハト。おまえはまだ若い。俺がいなくなっても、叔父の白竜大公が後を継ぐ可能性もあるぞ」

「ぼくはもうアルファとして成熟してるから、せいぜい大公はぼくが十八になるまでの後見人になるくらいだよ。ヴェルナーもそう言ってる」

たしかにその可能性の方が高い。宰相がついていれば、必然そう仕向けるだろう。

ヨルネスはナハトの足の下から、静かな声で宰相に問うた。

「あなたがナハトをそそのかしたのですか」

宰相は苦々しく笑みを浮かべた。

「人聞きの悪いことを。皇家のことを考えれば、こちらが妥当だと思っただけです」

ルーフェンは後ろに立つ宰相を振り向いた。

「俺の命と引き換えに、ヨルを逃がすと言ったな」

「もちろんですとも。先ほどお約束した通り、ヨルネスさまは田舎にお戻しいたします」

すでにルーフェンとヴェルナーの間で、ここに着く前になんらかの話をしたらしい。

けれど。

「嘘です！　ナハトはわたしの口を封じると言っていました。あなたが……、うっ……！」

ヨルネスの肩に乗せた足に力を込めてにじられ、痛みに顔をしかめた。

「黙ってて。賢いヨルネス兄さまならわかるよね、そんなこと言っても不利になるのは。本当に田舎に戻してあげてもいいよ。ただし、このことを他の人に伝えられると困るから、目とのどは潰させてもらうけど」

残酷なことをさらりと言うナハトに、恐怖より哀れみを覚えた。人の心がすり減ってしまっている。

ルーフェンは眉を怒りの形に寄せると、宰相を睨めつけた。

「ヴェルナー。おまえは父の代から俺に傾倒(けいとう)し、うろこが出たときも誰よりも俺の成長を喜んでいただろう。なぜこんな真似をする」

宰相は笑みを消すと、頭を低い位置に下げてルーフェンを睨み上げた。

「あなたさまが、ヨルネスさまを正妃になどとおっしゃるから」

ずき、とヨルネスの胸が痛む。

「私は何度あなたさまに進言しましたか？　おとなしく貴族の令嬢から正妃を迎え、平民のオメガ男性を妻などと言い出さなければ、こんなことにならなかったのに。私の望む完璧な皇帝になるはずだったあなたさまが、こんな過ちを……！」

「過ちなどではない！」

　ルーフェンの勢いに、思わず宰相が怯(ひる)む。

「ただ一点、徴が出ぬという理由だけですべてを否定され、心を病んだ俺を癒やしてくれたのはあの村だ。ヨルは俺のすべてを受け入れ、素顔はありのままでいいと言ってくれたただ一人の人だ。ヨルの言葉がなければ、俺はおまえたちの望む皇帝を演じることなど到底できなかった。ヨルがいるから、俺は皇帝でいられる」

　皇帝らしく堂々と顎を上げ、宰相を睥睨した。

　宰相はルーフェンの迫力に押され、ぎりぎりと歯をすり合わせた。

「だったらなおのこと、理想の皇帝としてしかるべき正妃をお迎えくださいませ。ヨルネスさまは寵妃(ちょうひ)として後宮に置けばよろしいではありませぬか」

「俺は愛を偽るつもりはない。愛を貫くことこそ男として、人として、もっとも重要なことではないか？　自分の愛ひとつ守れぬ人間に、国を守ることなどできない！」

ルーフェンの言葉に、胸が震えた。

かつて皇帝らしいとはどういうことだという問いに、彼は「いつも堂々として自信を持ち、なにごとにも動じず、誰よりも力強く決して弱音を吐かぬこと」と答えた。父帝の教えに、ルーフェンは愛を足した。それがルーフェンの理想とする皇帝像なのだ。

自分の立場に迷っていた少年は、彼なりの信念を持つことで強くなった。この人なら利害だけの冷たい政治を行わず、民も国も愛してくれると思える。自分はそういう指導者についていきたい。

ナハトが静かに怒りを滲ませた。

「ぼくが……、もしもぼくが皇帝なら、もっと国のためになる人を妻に選ぶ。国民が熱狂するような美しい貴族の娘でも、強い国か豊かな国の王女でもいい。もっと皇帝としての価値を上げる結婚をする。公私に亘(わた)って完璧を目指す」

自分がなりたいというより、だから兄にそうなって欲しいと言っているように聞こえる。兄に成り代わりたいのではなく。

ナハト自身、期待と失望が混ざり合ってわからなくなっているのかもしれない。わかるのは……ただナハトが兄を慕っているということだけ。

好きで好きで憧れて、だからこそ理想から外れるのが許せない。ナハトだけではなく、宰相も。他人は自分の思い通りにはならないというのに。

そんな痛ましい尊敬に胸を衝かれながら、ヨルネスはナハトを見上げた。

「あなたは……、ルーフェンのことが大好きなのですね」

ナハトはかっと目を見開くと、ヨルネスの顔近くの地面を音が立つほど蹴りつけた。

「あなたが妻になると言ったりするから！　兄上は……、皇帝は完璧でなきゃいけないんだ！　兄上と生死を共にできたら嬉しいよね？　じゃあそうさせてあげる！」

ほとんど慟哭のように叫びながら、ナハトが自分の上着を脱ぎ捨てた。みるみるうちに体が膨らんだかと思うと、めりめりと音を立ててナハトの衣服が破れていく。

「ナハト……！」

叫んだのは、自分だったかルーフェンだったかわからない。

破れた衣服の下から、真っ黒のうろこが現れた。象ほどもある黒竜に変容したナハトは、大きな翼を二、三度羽ばたかせる。

そして碧い色の瞳をぎらりと輝かせ、空気を揺るがすような甲高い声を上げると、ヨルネスの腕を前足でつかんだ。黒い翼が空気を孕み、腕をつかまれたヨルネスの体ごと黒竜が空に浮かび上がる。

「つぅっ……！」

腕で全体重をつり上げられ、肩が抜けそうになる。後ろ手に縛られた手首に縄が食い込む。

足が心許なく宙を掻き、あっという間に眼下に畑や湖が広がった。城の縁からわずかにでも離れれば、もう地上五十ヤードの空の上だ。たとえ湖に落とされたとしても、手を縛られていては絶対に助からない。

「ヨルッ！」

ルーフェンが城の縁ぎりぎりに立って叫ぶ。

竜の姿で人を持ち上げたことなどないであろうナハトが、たちまち均衡を失って体勢を崩した。ぐらぐらと揺れ、斜めに傾いで上下している。

すぐにヨルネスを振り落とすかと思った黒竜は、なぜか放そうとしない。このままでは、ヨルネスともども黒竜まで地上に落下してしまう！

「戻って！　城に戻ってください、ナハト！」

しかし黒竜は上手に空中で方向転換することもできないようだ。明らかに人を運ぶ筋力が足りず持て余している。ヨルネスをつかむ前足が、ずるっと腕から抜けた。

「あっ！」

ヨルネスの体が宙に投げ出され、天に向かってひらめく長い黒髪の間から、慌てたような黒竜の姿が遠ざかる。下に向かって引っ張られる重い力に抗うこともできず、目の端でこちらへ向かって手を差し伸べながら城の縁を蹴り飛ぶルーフェンを捉え――――。

「ヨル――――っ、っ、っ！」

「ルーフェ……」

ルーフェンが落ちる！

と思った瞬間、ヨルネスの視界が黄金の光で埋まった。

「え……」

どんっ！　という衝撃を背中に受け、一瞬息が詰まった。

「つ……、あ……？」

五十ヤードを落ちると覚悟していたのに、長い距離を落ちた気がしない。まだ生きている。

痛む体をなんとか起こし、状況を確認する。硬いのに弾力のある、美しい金色のうろこの波の上に座っていた。

ヨルネスの長い髪が風に流れ、それを振り払いながら周囲を見渡す。

大きな翼が力強くはばたき、ゆったりと空中を旋回しながら地上に向かって降りていく。巨大竜の背中にいるのだとわかったのは、地に舞い降りる直前だった。

黒竜の倍以上はある巨大な金竜。ヨルネスを乗せていてもまったく揺らぐことのない素晴らしい筋肉が、見事な金色のうろこで覆われている。

「ルーフェン……？」

上空で鳴き声が聞こえて振り仰ぐと、城の頂点に戻れなくなった黒竜がバルコニーに降りようとして失敗し、手すりに体をぶつけて落下していくのが見えた。

「ナハト！」

ヨルネスを背に乗せた状態では、ルーフェンもナハトを助けに行けない！

細い鳴き声を上げながら落ちていく黒竜を絶望的な目で見上げたとき、突如城の下方から白竜が現れた。白竜は見る間に黒竜に近づき、首根を咥える。

「あれは……？」

白竜は、黒竜の体勢を立て直しながら地上へと導く。

ヨルネスは後ろ手に縛られたまま、地上に降り立った金竜の背から急いで滑り降りる。首を伸ばした金竜が、鋭い牙でヨルネスの縄を噛み切った。自由になった手で、ヨルネスは金竜の頬を撫でる。

「ルーフェン？　ですよね。助けてくれてありがとう」

金竜は心の底からホッとしたように、愛しげにヨルネスに頭をすり寄せた。ヨルネスと金竜から少し離れて、黒竜を咥えたまま白竜が地上に降りる。その頃には、すでに城の人間たちも騒ぎながら外に出てきたりバルコニーから下を覗いたりしていた。

「陛下！」

服を手にした兵士が急いで金竜に駆け寄り、人型に戻ったルーフェンに着せかけた。別の兵士が、やはり服を持って白竜と黒竜に駆け寄る。

黒竜はナハトに、白竜はさらさらとした長い金髪を持つ美麗な男性に変わった。ヨルネスより十ほど年上だろうか。しなやかな体つきと理知的な顔立ちをしている。これがルーフェンと

ナハトの叔父である白竜大公だと悟った。

　立ち上がった大公は、うずくまって震えるナハトを悲痛な表情で見下ろしている。

「残念だよ、ナハト。きみがこんなに愚かな真似をするとは」

「叔父上……」

　ひくっ、とナハトののどが震える。みるみる涙が盛り上がり、下を向いたナハトの膝にぼたぼたと涙が落ちた。すぐに肩を震わせ、赤子のように声を上げて号泣する。

「ああああああああああああ…………っ！」

　ヨルネスの胸が激しく痛む。

　ナハトに近づいてしゃがみ込み、肩に手をかけた。

「怪我はありませんか？」

　ナハトはぱっと顔を上げると、涙でぐしゃぐしゃの顔でヨルネスの首に抱きついた。

「よかっ……、ヨルネ、にいさ、ま……、無事で、よかった……！」

　ナハトの後悔が手に取るようにわかる。

　兄への憧れが苛立ちに変わり、自分でもいけないと葛藤しながら裏切りに手を染め、人を殺めかけた。道が間違っているとわかっても、走り出した足が止められなかったに違いない。

「ごめんなさい！　兄さま、ごめんなさい……っ！」

　頭で想像することと、実際に行動することには大きな隔たりがある。もし今のナハトに、過去に戻れたらもう一度兄を裏切るかと問うたら、きっと自分自身を殺してでも止めると答えるだろう。自分の犯した過ちの罪深さを実感して後悔に震える少年は、もう罪を償っていると感じた。

泣きじゃくりながらしがみついてくるナハトの背を、やさしく撫でる。

「ナハト。あなたはまだ若い。様々な感情を乗り越えるのはこれからです。あなたにならできると信じています」

兄とヨルネスを消し去る計画が失敗したことで、若いナハトの心に大きな傷を残さずに済んだことを、深く神に感謝した。この子の未来が明るいものでありますようにと願いを込めて、額に祝福の口づけを落とす。

白竜大公がルーフェンの前に歩み出た。

「陛下。色々呑み込めぬ部分もあるとは思うが、どうかナハトの再教育を私にお任せ願えないだろうか。兄、翠竜帝に任命され、ナハトを置いていってしまったことを後悔している」

幼いナハトをとても可愛がって自ら教育を施していた白竜大公は、五年前の飢饉後の農地を立て直すため、遠い地に遣わされたという。

ルーフェンは怒りを逃すように一度深く息をついた。

「叔父上。そのつもりであなたを呼び寄せた。この城でと思っていたが、少々状況が難しくなった。ナハトを連れて領地に戻り、厳しい教育を望む」

白竜大公は深々と頭を下げる。以前からナハトの動向を懸念していたルーフェンは、目付として大公を呼び寄せたのだろう。もしかしたら、懐いている白竜大公が側にいれば、ナハトの心が静まるかもしれないと願って。

だが一歩早くナハトは動いてしまった。未遂に終わったけれども、皇弟とはいえ、謀反(むほん)の罪は重い。幸い、周囲に集まっている人々にはなにが起きたのかわかってはいまい。憶測は流れるだろうが、はっきりと発表しなければ内々に処理してしまえる。

とはいえ、ナハトにとってみれば実質軟禁状態での謹慎になる。

大公に腕を取られたナハトは、操り人形のように立ち上がった。大公に支えられて城に向かって歩き出した背中に、ルーフェンが声をかける。

「ナハト」

ナハトはのろのろと振り向いた。真っ赤に腫れた目で、ルーフェンを見る。

「七つも年下の弟に先を越された兄の気持ちがわかるか？　地の底にのめり込めそうな劣等感を、俺は乗り越えた。おまえにも必ずできる。おまえはいるだけで周囲を明るくする、俺にないものをたくさん持っている自慢の弟だ。自分自身を誇れ、ナハト」

にやりと笑ったルーフェンに、ナハトはかすかに笑い返した。

「はい、兄上」

白竜大公が、愛しげにナハトの肩を抱き寄せた。きっと、ナハトはいつの日かルーフェンの隣で素晴らしい力を発揮してくれるだろう。

大公は肩越しに振り向くと、穏やかな笑みをルーフェンに向けた。

「遅くなったが、成熟おめでとう。竜になったきみを見てやっとわかったよ。微が出るのも変容するのが遅かったのも、きみが並み外れて巨大な竜だったからなんだな。巨大獣ほど成熟に時間がかかるものだ」

学位を持つという大公の言葉に、ヨルネスも納得した。竜になったルーフェンは、黒竜や白竜のゆうに倍はある大きさだったから。竜としての力が大きすぎるがゆえに、充分な成熟がないと人間でいるときに体が保(も)たない。

大公とナハトの姿が見えなくなるまで待ってから、ルーフェンは唐突にヨルネスを抱きしめた。

「無事でよかった……」

心の底から安堵したルーフェンの腕が、小刻みに震えている。

「助けてくれてありがとう」

抱きしめ返すと、ルーフェンは激しくヨルネスの唇を奪った。人目も憚(はばか)らず、生きていることを確かめるように情熱的に口中を探る。

「あなたが……、いなくなったら、俺は……」

生きていられない、と囁いて何度も唇を食む。

「やっぱりあなたが俺の運命だ。あなたを助けたいと強く思うときに、俺は自分の殻を破れる」

たまただと思うが、自分の存在が彼の支えになるなら嬉しい。

「わたしがあなたの運命であってもなくても、ずっとあなたのそばにいます」

嬉しそうに笑ったルーフェンが、こつりと額同士を合わせたあと、やさしく唇をついばんだ。

「もうひとつだけ、片づけなければならないことがある」

ヨルネスも思っていた。ヴェルナー宰相のことだ。ナハトと共謀し、ルーフェンを葬(ほうむ)ろうとした。

城に入ると、すでに兵士につき添われた宰相が応接室で待っていた。ルーフェンの命令で連れて来られたものの、こちらも周囲にはまだなにがあったか知られていないため、罪人として捕らえられたわけではない。青ざめても怯えてもいない宰相は、堂々とすらして見えた。

人払いをすると、宰相は当然のようにルーフェンとヨルネスの前に額(ぬか)づいた。

「陛下、ご成熟おめでとうございます。素晴らしい金竜でございました。亡きお父君、翠竜帝もさぞお喜びでございましょう。ひと目なりとご覧いただきたかったです」

ルーフェンはじっと宰相を見つめている。宰相は同じ姿勢のまま続けた。

「ナハト皇子におかれましては、私めの戯(ざ)れ言(ごと)に惑わされて一時ご乱心されただけのこと。すべての咎(とが)はこのヴェルナーにございます。なにとぞ罰は私一人で受けさせていただきたく、お願い申し上げます」

「覚悟はできている、と？」

ルーフェンが尋ねると、ヴェルナーは伏せた顔の下から「はい」と答えた。

「私で足りねば、どうぞ妻子の首もお持ちくださいませ。国のためにと行動することで皇帝陛下の怒りを買うことがあるやもしれぬ、そのときは家族の首も差し出すと常日頃から言い聞かせてございますゆえ」

ルーフェンは痛みを受けたように瞳をすがめた。先代の翠竜帝の時代から皇家に仕えてきた宰相に、ルーフェンも幼い頃から信頼を寄せてきたのだろう。

「おまえが誰よりも皇家に寄り添い、尽くしてきたことは知っている。俺は自分の選択を過ちだとは思わないが、おまえの期待に応えられなかったことは申し訳なく思う。だからといって、おまえのしたことを不問にはできない」

ヴェルナーはさらに額を床にすりつけた。

「心得てございます」

皇家への謀反、しかも皇帝の命を狙ったとあらば、本来は一族もろとも罪人服を着せて町中を引き回してから公開斬首刑のあと、首を晒されるものだ。だが。

「残虐な刑罰は、わたしは反対です」

ヨルネスはルーフェンの目を見ながら言った。

神殿および神官は命を奪う刑罰を嫌う。改心の余地があると思われる場合は特に。

立場が違えば正義が違う。宰相は彼なりの正義を遂行しようとした。それが許されることかはともかく、決して私欲のためだけに動いたのではないのである。

ルーフェンはしばらく沈黙していたが、やがて重い口を開いた。

「ヴェルナー。宰相としての地位を取り上げ、昨年我が国の属国となった島国へ大臣として移住を命ずる。小さな島だが未開部分が多くあり、土地を開墾するやりがいもあろう」

大臣とは名ばかりの、終生そこで過ごすことを余儀なくされた、事実上の流刑である。都のような贅沢もきらびやかな楽しみもなく、傍から見ればどれだけの失態を犯したのかと嘲罵されるほどの降格だ。だが皇帝暗殺未遂の処罰として破格の軽さなのは間違いない。

ヴェルナーは初めて顔を上げると、ルーフェンを睨み上げて声を荒らげた。

「陛下！　それでは下々の者に示しがつきませぬ！　どうぞ私の悪事を知らしめ、極刑をお命じください！」

ルーフェンはヨルネスの肩を抱き寄せ、手を取った。

「恩赦だ。俺はヨルネスを妻に娶り、正妃とする。愛する妻の前で、残虐な刑を執行する気はない。……もっとも、おまえにはより辛い罰かもしれないが」

ヴェルナーは呆然とルーフェンとヨルネスを見つめ、やがて泣きそうに顔を歪ませて笑った。

「あなたさまは、幼い頃から言い出したら聞かないところがありましたな」

ヴェルナーは急に歳を取ったように、疲れた空気を体に纏わせた。

「皇家といえど、時代と共に変わっていくものなのですな……。年寄りにはついていけませぬ。せめて遠い地から、男児がお生まれになることを祈っておりますぞ」

役職を解かれた元宰相は重そうに立ち上がると、深々と頭を下げた。

それ以上微動だにしないヴェルナーを置いて、ルーフェンはヨルネスを応接室から連れ出した。彼に認められたのだろうかと、辛い気持ちの中でかすかな希望の光が差す。

いや、認めてもらうのはこれからだ。ルーフェンを支えるために、自分にできること。

ルーフェンはヨルネスを寝室に連れ込むと、きつく抱きしめた。

「ヨル……、ヨル、俺はこれでよかったのか……！　本当は、俺よりあなたの命を狙ったことが許せなかった！」

ルーフェンの体が熱い。自分よりヨルネスのことで怒りを露わにするルーフェンに、とてつもない愛おしさを覚えた。

「謀反が表に出れば、少なからず民にも城内の人間にも動揺を与えます。それを防げたことこそ、罪を裁くことより重要ではないでしょうか。私情に流されず、冷静な判断ができるあなたを尊敬します」

ヨルネスから唇を合わせると、すぐに激しい口づけを返してきた。抑えこんだ怒りの激情を叩きつけるように、熱く。

「ふ……、あ……」

ルーフェンと口づけを交わしていると、体の芯が熱くなってきた。実を言えばさっきから熱を感じていたのだが、それは生死の境目の緊張から間一髪のところで助かった安心からだと思っていたのに……。

ルーフェンがひくりと鼻を動かして、目を細めた。

「甘い香りがする」

そういえば、薬で眠らされる前にナハトにも同じことを言われた。

「とても……、官能的な」

すん、と首筋を嗅がれて、一気に体温が上がる。ルーフェンの視線が熱を帯びた。ヨルネスの手を目の前に持ち上げ、縄で縛られていた手首の痕に口づける。

「あらためて求婚する。俺の妻になってくれ。俺の子を産むという、あなたにしかできないことをしてもらいたい」

子を産む、という直截な言葉に、下腹にずんと重い塊が落ちた。とたん、後孔からじわっと熱い液体が溢れてくる。

「あ……！」

後孔の内側がずくんずくんと脈打ち、ぎゅうっと腹の奥が絞られる。

「ヨル？」

名を呼ばれただけで、耳奥を撫でられたように尾てい骨まで痺れが伝い落ちた。たくましい筋肉に覆われた体にふるいつきたくなる。

どこからか、頭の中がくらくらするようなねっとりとした甘い香りが漂ってきた。覚えがある。この感じは……。

潤み始めたヨルネスの視線を受け止め、ルーフェンはぎゅっと手を握った。

「ヨル。返事が欲しい」

どくどくと血が体中を巡っている。ルーフェンの碧い瞳を見ていたら、身の底から欲求が突き上げてきた。ルーフェンの――。

「あなたの子が欲しい……！」

言うなり唇同士がぶつかって、そのまま互いの口腔を貪り合いながらベッドになだれ込んだ。

性急に着ているものを脱がされ、これまでの比ではない濃厚な誘惑香が閨に漂う。自分が満開の花になったようだ。

強烈な淫欲が頭の中を支配する。かつて初病を味わったときには恐怖でしかなかった発情に、今は素直に従いたい。恋しい男の種が欲しい。

ルーフェンを見上げる自分の緑色の瞳が誘っているのがわかる。誘惑香に中てられたルーフェンが、うっとりとヨルネスの肌を眺めた。

「きれいだ、ヨル」

肌が敏感になって、撫でられているようにルーフェンの視線が通った部分が粟立った。淡い色合いの胸の尖りがぴんと勃っている。熱い吐息を胸を膨らませて逃すと、小さな器官は触れて欲しそうにかすかに震えた。ルーフェンが手を伸ばし、そこを人差し指と親指でつまんだ。

「あっ、ん……」

自分でも驚くほど甘ったるい声が出た。

そのままくりくりと指でこねられると、まだ触れられていない下肢にじんじんと快感が伝い落ちる。上半身と下半身を逆にひねって体をよじらせ、従順に快感にたゆたった。

自身の発する誘惑香に塗れて、発情の波に身を任せるのが心地いい。ルーフェンの息づかいが荒くなる。

「禁欲的な神官服の下にこんなに淫らな体を隠して……。神にだって見せたくない」

覆い被さってきたルーフェンの唇が、胸芽に吸いつく。突き刺さるような快感がよくて、長い黒髪をベッドに散らしながら身悶えた。

「いい……、きもちいい、ルーフェン……、もっと……！」

いつになく素直に求められ、ますますルーフェンが燃え上がる。肉食獣が獲物を食らうように大きく口を開けて胸の肉を噛み、たっぷりと舌で舐め上げ、白い肌に愛咬の痕を散らす。

なにをされても感じる。脚の間は濡れそぼってベッドまで蜜液が染みているほどなのに、体の奥底が渇いて精を欲しがっている。

「脱いで……！」

自分一人が全裸でいるのがもどかしく、ルーフェンの服に手をかけた。飢えたように瞳をぎらつかせたルーフェンが、ひと息にすべての衣服を脱ぎ去る。

たくましい体から情欲の陽炎を揺らめかせるがごとく、雄の興奮を発散させている。オメガの発情に中てられたアルファは、種をつけることだけに意識を持って行かれているらしい。

堂々とした体躯の中心で、そのための器官が見たこともないほど大きく膨らんで、ヨルネスに潜りたがってびくびく震えている。

ごくり、と息を呑んだ。

自分は獣になってしまったのか。……こんなに美味しそうに見えるなんて。

上気したヨルネスの頬を、ルーフェンの大きな手が撫でる。

「やっと……、やっとあなたの発情期が戻ってきたんだな。長かった……、ずっとこの日を待っていた……」

心底待ち焦がれた声音に、ヨルネスの胸に罪悪感がこみ上げる。子作りに同意していたわけではないとはいえ、ルーフェンに知らせずに発情抑制薬を飲んでいた。

嘘をつかないヨルネスは、問われたら隠さずに答えていただろう。だが問われなかっただけで、実際は後ろめたい意識を持って薬を飲んでいた。騙していたわけではないが、言わずに済ませたくない。愛する人に、自分なりのけじめがある。

「わたしはあなたに、告白することがあります」

「なにを?」

我慢できないようにヨルネスの頬や首筋に口づけながら、ルーフェンが尋ねる。

「わたしは……、城に着いてからも、ずっと薬を飲んでいました」

「それで?」

ルーフェンの舌がヨルネスの首筋を下から上にたどっていく。熱い息がかかって背筋がぞくぞくした。

「だか、ら……、あなたとの子は……、ん……、できませんでした……」

ルーフェンの手がヨルネスの細い腰に回り、自分に引き寄せた。がちがちに張り詰めた昂ぶり同士が重なって、胸が苦しいほどの興奮を連れてくる。

「や……、あっ……、聞いて……」

ルーフェンは興奮を隠さずにヨルネスの耳朶をしゃぶり、歯を立て、耳孔に舌をねじ込む。

「知っていた」

え、と抱きすくめられたままルーフェンを見ると、間近で切なげに揺れる瞳がヨルネスを見ていた。

「かすかに薬の匂いがしていたから。他の人間にはわからないだろうが、アルファは匂いに敏感だから」

ルーフェンの訪れはほとんど夜だったから、薬は夕方に飲んでいた。ヨルネスにはほぼ無味無臭なのに、アルファはやはり能力が高いのだ。

「でもあなたが俺を好きだと言ってくれてからは薬の匂いがしなくなった。自分の意思で止めたんだろう？　嬉しかった。それを今俺に伝える真摯さも尊敬に値する。言わなくても済んだことなのに」

　まるでルーフェンの手のひらで踊らされていた気になって、羞恥で肌が火照る。

「申し訳ありませんでした……」

「なにを謝る必要がある。あなたは俺が無理やり連れてきたんだ。むしろ愛の名の下に乱暴を働いた俺がなじられこそすれ、謝られることなどない」

　背景は関係ない。相手の行動で相殺されるものでもない。後ろめたいと感じていたなら、それは自分にとって裏切りも同然なのだ。自分に嘘はつけない。

　最初からヨルネスが同意していないと承知していながら、それでも愛ゆえに手に入れたがり、愛を乞い続けたルーフェンの方が正直だ。

　ルーフェンは愛しげにヨルネスの頬を撫でながら、反対の頬に口づけた。

「そんなに気にすることはないのに。でもどうしてもあなたが気になるというなら……、償いに、あなたから俺を誘ってくれ」

「どうやって……？」

耳もとで囁かれた言葉に、頬を熱くした。

あなたが一人でしている姿が見たい、と言われ、発情で着火していた淫欲が油を注いだように燃え上がった。

ヨルネスの全身が見えるよう、ルーフェンが体を離した。ルーフェンの体温が遠ざかってなお、ヨルネスの肌は燃え続けている。

全身をうっすらと薔薇色に染め、ヨルネスは重ねたクッションに背を預けた。

すでに甘い香りを纏いつかせた発情中の体は、受け入れる部分を蜜液で濡らし、雄の象徴をそそり立たせて愛撫を待っている。

「よく見えるように、脚を広げて」

命ぜられ、羞恥で息を詰まらせそうになりながら、震える膝を両側に開いた。

「もっと。膝がベッドにつくくらい」

そんなに広げたら、濡れそぼる蜜孔までが見えてしまう。

目で赦しを乞うたが、碧い瞳は情欲の炎を揺らめかせてヨルネスを見つめている。その視線に誘われるように、ゆっくりと膝を倒した。

「ああ……」

むせかえるような甘い香りが、心も頭も痺れさせる。ルーフェンの視線に陰部を嬲られ、真上に向いた雄茎の先端からも、穿たれたがる肉襞の内側からも、とろとろと蜜を零した。

「こんなにいやらしい格好をさせているのに、あなたはとてもきれいだ」

ルーフェンがうっとりと息をつく。

自分ではきれいだなどと到底思えないけれど、自分の行為が愛する人を喜ばせていると思えば、大胆な気持ちになる。触れて欲しがる雄茎に手を伸ばし、ぎゅっと根もとを握った。

「は……、あ……」

握っただけで、ため息が出るほどいい。欲望に沿って、いつもルーフェンがしてくれるように自分の手を上下に動かせば、たちまち湧き上がる快感の洪水に我を忘れた。

「あ……、あ、いい……、こんな………」

ルーフェンの手も予想だにしない動きで翻弄されてしまうが、自分の手は好きなところを好きな速さで高められるのがいい。

舌でくじられれば泣いてしまう精路の小孔も、溢れる蜜を指の腹でやさしく塗り広げれば、達するか達しないかの絶妙な快感をずっと味わえる。

「うそ……、あ……、きもちいい……」

自慰がこんなに気持ちいいなんて。発情で昂ぶっていなくてもいいのだろうか。こんなに気持ちいいこと、自分の意思で止められない。

「ヨル」

名を呼ばれ、自慰に没頭していつの間にか閉じていたまぶたを上げると、愛しい男の姿が目に飛び込んできた。

瞬間、種を欲しがった腰奥が収縮する。

穿たれたがるそこに、指を潜らせたのは無意識だった。

「あ……、あつい……」

ぬかるみきった肉環は、ヨルネスの細い指を難なく受け入れる。入り口はとてもきつくて狭いのに、中は熱く潤んでやわらかい。ゆっくりと指を往復すると、淫らな肉が吸いついて締めつけるのがわかった。

ここに……、いつもこのいやらしい孔でルーフェンの雄を咥え込んでいる。

「ふ……、ああ……」

ルーフェンの快楽を想像すると、自分の雄茎まで締めつけられているように快感が走った。

指の動きが速くなる。

こすられている後孔だけでなく、出入りする指まで感じる。

孔まで淫らに自分で犯している姿をルーフェンに見られていると思うと、ますます興奮が高まった。

ルーフェンの視線が熱い。

もっと……、もっと自分を見てもらいたい。夢中になってもらいたい。心も体も、ルーフェンを欲しがっている。彼の全部が欲しい……！

「ルーフェン……」

蕩けた視線でルーフェンを見つめながら、誘うように唇を開いて舌をひらめかせた。ルーフェンが音を立てて息を呑むと、のど骨が上下した。

ルーフェンがふらふらとヨルネスに近づく。ヨルネスの目は、隆々と勃ち上がる男根に据えられたままだ。

なんて美味しそうなのだろう。

もの欲しげな目をしたのを自覚する。ルーフェンは視線に導かれるまま自身の男根の茎を持ち、先走りを滲ませる先端をヨルネスの唇に押し当てた。

「ん……」

熱い。

官能的な濃い雄の匂いに頭が痺れる。ここにルーフェンの生命が詰まっていると思うと愛しくて、ためらいもなく口を開いて先端を呑み込んだ。

「ヨル……ッ」

ルーフェンの大きな手が、ヨルネスの頭を抱え込む。激しく抽挿したいだろうに、意志の力で堪えているとわかるルーフェンの手と腰に、思い切り力が入って汗ばんでいる。

めちゃくちゃにのど奥を突かれたくなって、自分から頭を動かした。

「ぐ……、ぅ、……っ！」

吐き気を伴う苦しさに、頭の芯が霞んだ。まるで腰奥を突かれたように、下腹で快楽の疼きが広がる。

夢中で雄を頬張りながら、後孔を自分で犯す。口と後孔の両方を同時に埋める淫猥さに、咥え込んだ指が痺れるほど締めつけた。

いつもルーフェンがする動きを思い出し、二本目の指を挿れた。蜜液が淫猥な音を立て、小さな泡まで纏って指に絡みついている。

でも届かない。ルーフェンがしてくれる、もっと奥の快感のしこりまで、あと少しなのに！

たまらなくなって、咥えた雄を突き放した。

「ください、ルーフェン……！」

甘美な蜜液に塗れた手を差し伸ばすと、ルーフェンが獣のように襲いかかってきた。ヨルネスの発情に煽られ、爆発しそうな雄をいきなりねじ込んでくる。

「あうっ……！」

いつもよりひと回り大きい男根が、容赦なく奥までヨルネスを貫く。

痛みと快感が同時に駆け上がり、あっけなく精を放った。

「はあ……、あ……」

吐精したのに、ちっとも体の渇きが癒えない。

「辛くないか？」

自身の雄も張り詰めきって辛そうなのに、ヨルネスの体を労る。その心遣いが愛しくて嬉しくて、ルーフェンの頬を手で挟んで引き寄せ、口づけをした。自分から腰をくねらせて咥え込んだ雄を肉孔で扱き、奥にくれと催促する。

「中に出して……」

いつものたっぷりとした丁寧な愛撫より、今日は早く精を飲み干したい。子を作るためのオメガの器官が、口を開いて種を待っている。

間違いなく子を身籠もると、本能が囁く。これが発情期。

ルーフェンがヨルネスの腰を抱え直し、みっちりと奥まで男根を押し込む。辛いほど腹の奥をこじ開けられて涙が滲む。

でも、いい。そこに欲しい。

「愛してるヨル、俺の子を孕め……！」

「ああああ……っ！」

激しい突き上げに一気に意識が焼き切れる。真っ白な光がいくつも頭の中で弾け、嵐に呑まれたように快感にもみくちゃにされた。

腹の奥に、熱い飛沫が降りかかる。

「ひっ……、ぅ……」

だが抽挿は止むことなく、さらに勢いを増してヨルネスの中をえぐり抜く。

「いいいい……っ、ぁぁぁ、あ――――…………っ！」

蜜液と精液のるつぼとなった狭道を、まったく硬さも大きさも失わない男根が穿つ。抜かれないまま、二度目の精を体奥に浴びせられた。

「あ……、ああ……」

絶頂をさらにえぐられたような感覚に、ヨルネスの体がびくびくと震えた。ベッドに寝ているはずなのに、視界がぐらぐらと揺れている。

ルーフェンは上体を起こすと、開かせたヨルネスの膝裏を手で押さえ、種をすり込むように肉棒の先端で奥をこね回した。

「あぅ……」

腰壺にルーフェンの精液が溜まっているのがわかる。零れないように肉棒で栓をして、中でかき混ぜて着床させようとしている。

「今日は俺の子を孕むまで抜かない」

残酷にも聞こえる宣言に、肌を粟立たせて悦ぶ。初めての発情期を迎えた自分も、まだまだ貪欲にルーフェンの種が欲しい。

蕩けた視線でルーフェンを見つめ、両腕を差し伸べた。

「あいしてる……」

再び覆い被さってきた体を抱きしめ、夜が更けるまで何度も絶頂を迎えながら種を呑み込み

続けた。


目が覚めると、体中が痛かった。

ルーフェンはすでにベッドにいない。けれど昨夜の情熱を思い出すと、ものすごい倦怠感と幸福感に包まれた。

いつ意識を失ったのかわからない。いや、ほとんど失神しながら、途切れ途切れに繋がる意識がすべてルーフェンを受け入れることに持って行かれたことだけ覚えている。

「発情期って、すごい……」

体を起こしてみると、あちこちに愛咬の痕が残っている。でもそのひとつひとつが愛おしくて、自分の体を抱きしめて幸せに浸った。

「起きたのか、ヨル」

隣の部屋から、ルーフェンが顔を出した。早起きのオウムの世話をしていたらしく、腕に乗せたまま寝室にやってくる。

オウムはぱたぱたと飛んでヨルネスの肩に留まった。

「すっかりあなたの方に懐いてしまったようだ」

「毎日お世話させていただいているので」

オウムはすでに腹を満たしたらしく、機嫌よくのどを鳴らしてヨルネスに嘴をすり寄せる。

ルーフェンがほほ笑みながら、ヨルネスに朝の口づけをした。

「おはよう、ヨル。愛してる」

その言葉に、ヨルネスの肩に留まったオウムが返事をした。

「ワタシモアナタヲ、アイシテイマスヨ、ルーフェン」

ぱ、とヨルネスの頬が赤くなる。たった一度返事をしたことがあるだけなのに、この賢いオウムは覚えてしまっていたのだ。

「あなたもオウムに返事していてくれたなんて、嬉しい」

幸せそうに笑うルーフェンが、毛布を剥いでヨルネスの下腹に口づけた。きっとここにルーフェンの子が宿っていると確信しながら、ヨルネスも愛しい金色の髪に口づけを返した。

あとがき

このたびは『金竜帝アルファと初恋の花嫁』をお手に取っていただき、ありがとうございました。

久しぶりのオメガバース！　とっても楽しく書くことができました。オメガバースといえば発情期。今回の主人公であるヨルネスは、神官という潔癖な立場ゆえに、薬でずっと発情を抑えています。

ので、けっこうギリギリまで発情してくれません。でもこう……、清廉な神官が乱されるのっていいですよね……。というわけで、一途な年下アルファに熱烈に迫られています。

今回、私の攻めには珍しく年下なのですよ！

年上攻めのたっぷり包容力とは裏腹に、猪突猛進、余裕より情熱で押しまくります。年下攻めの醍醐味ですね。初恋の幼心の君に、十年経っても夢中です。可愛いなぁ。

でも、子どもの頃しか知らない男の子に、十年後にいきなり求められたら……？　そもそも恋愛対象だなんて思ってなかったのに……。そんなヨルネスの戸惑いを、一緒に楽しんでいただけたら嬉しいです。

ダリア文庫さまでの前作『獅子皇帝とオメガの寵花』と同じく後宮舞台、相手は皇帝、獣に変容できるアルファということで、読み比べしていただいても楽しいかもしれません。あちらは落ち着いた年上攻め、元気で喧嘩っぱやいオメガですので、まったく違った恋愛模様です。どちらも溺愛に変わりはありませんが。

世界観が繋がるように考えてみたので、いつかクロスオーバーＳＳなんか書けたらなと思います。どっちもラブラブしてて、自分たちの世界に入ってそうですけど。

今作で竜のアルファ×神官オメガの恋物語を素晴らしいイラストで彩ってくださったのは兼守美行先生です。お忙しい中挿絵をお引き受けくださり、ありがとうございました。ヨルネスの美しさ、色っぽさ、特に体の線と肌の美しさはため息が出ました。十歳と二十歳のルーフェンの対比にも、ものすごくときめきました。正直、ヨルネスがうらやましかったです！

担当さま、いつも丁寧なお仕事をしてくださり、ありがとうございます。細かく設定資料を作ってくださって感激です。今回は私の体調不良と重なってご迷惑をおかけしたにも拘らず、焦らせることなく常に励ましてくださって感謝の念に堪えません。今後もぜひよろしくご指導ください。

そしてそして、いつも応援してくださる読者さま。最大級の感謝を捧げます。

去年の夏に発行していただいた文庫で、ＢＬ小説としては二十冊目の節目を迎えることができました。今年の五月で七周年です。

こんなに長く、たくさん書かせていただけるとは思っていませんでした。また次の節目の冊数と、十周年を迎えるのが目標です。入れ替わりの激しい商業小説界で、皆さまに支えられてこうして作家でいられることが奇跡のようです。

どうしたらお礼になるかと考えると、少しでも楽しんでいただけるものを書くことかなと、いつも思います。

ツイッターでは番外ＳＳや、たまにお礼企画などをやっているので、よかったら覗いてみてください。お気軽にお声をおかけいただけたら嬉しいです。

今後もどうぞよろしくおつき合いください。また次の本でもお会いできますように。

かわい恋

Twitter:@kawaiko_love

M.K
ありがとうございました。

ダリア文庫

✱大好評発売中✱

初出一覧

金竜帝アルファと初恋の花嫁 …………………… 書き下ろし
あとがき …………………………………………………… 書き下ろし

ダリア文庫をお買い上げいただきましてありがとうございます。
この本を読んでのご意見・ご感想・ファンレターをお待ちしております。

〒170-0013 東京都豊島区東池袋3-22-17　東池袋セントラルプレイス5F
(株)フロンティアワークス　ダリア編集部
感想係、または「かわい恋先生」「兼守美行先生」係

この本の
アンケートは
コチラ!

http://www.fwinc.jp/daria/enq/
※アクセスの際にはパケット通信料が発生致します。

金竜帝アルファと初恋の花嫁

2021年5月20日　第一刷発行

著　者
かわい恋
©KAWAIKO 2021

発行者
辻 政英

発行所
株式会社フロンティアワークス
〒170-0013 東京都豊島区東池袋3-22-17
東池袋セントラルプレイス5F
営業　TEL 03-5957-1030
編集　TEL 03-5957-1044
http://www.fwinc.jp/daria/

印刷所
中央精版印刷株式会社